KB233061

당신이 없는 자리

당 신 이 없 는 자 리

신민아 지음

타래

덩그러니 혼자

그는 매일 방사선 치료를 받으러 병원에 갔다. 나는 출근해야 했고, 그를 혼자 남겨 둘 수 없었다. 우리는 자연스럽게 하루의 시작을 함께했다. 아침이면 그와 함께 집을 나섰다. 출근길에 그를 시댁에 내려주면, 그는 조용히 차에서 내렸다. 나는 백미러로 그가 아파트 현관문으로 들어서는 모습을 확인한 뒤 다시 회사를 향해 운전대를 돌렸다. 퇴근 후 다시 시댁으로 가서 함께 저녁을 먹었다. 오늘도 병원에 잘 다녀왔는지, 오늘 하루를 이야기하며 집으로 돌아왔다. 매일 같았다.

그렇게 반복되는 하루들 속에서, 그날도 나는 퇴근 후 시댁으로 향했다. 주방에서 저녁 준비를 도우려던 찰나, 시어머니가 조용히 주방 문을 닫으며 내게 다가오셨다.

아무도 듣지 못하도록 목소리를 낮추고 어딘가 불안한 기색으로 말을 꺼냈다.

"내가 어디서 들었는데… 은호 아픈 게 결혼을 잘못해서 그런 거라네. 아무한테도 말하지 말고 친정엄마랑 굿한 번 하러 다녀오면 어떨까 싶다."

나는 순간 멈칫하며 그녀를 바라보았다. 무슨 말을 해야 할지 몰라 당황한 채로 물었다.

"네? 어디서 그런 말씀을 들으셨어요?"

시어머니는 내 눈을 피하며 말끝을 흐리셨다.

"주위에서 다들 그러더라. 결혼하고 얼마 안 돼서 아픈게 결혼 잘못한 탓이라고. 조상 중에 누가 샘을 내서 그런 거라고."

"…"

"절대 은호한테 말하지 마라. 난리 난다."

시어머니의 말이 끝나자마자 머리가 띵해졌다. 그 순간에는 이해해 보려고 했다. '아들이 큰 병에 걸렸으니, 엄마라면 그럴 수도 있겠지.' 스스로 타이르면서도 가슴 한구석이 서늘해지는 감정까지 막을 수는 없었다. 그때 은호가 주방 문을 열고 들어섰다. 시어머니는 아무 일도 없다는 듯 급히 가스 불을 켜며 저녁 준비를 시작했다.

나는 그의 얼굴을 슬쩍 바라보았다. 평온한 표정의 그가 정수기에서 물을 따라 마시고 있었다.

모든 엄마에게 자식은 소중하지만, 내 시어머니에게 남편은 특별히 더 소중한 자식임이 분명했다. 어디 내놔도 부족함 없는 아들. 번듯한 직장, 큰 키, 잘생긴 외모와 다정한 성격까지. 자랑거리를 넘어선 그녀의 빛나는 자부심이었다. 그런 아들이 불치병이라니, 원망의 화살이 나를 향한 건 어쩌면 당연한 일이었을지도 모른다.

주말 아침, 나는 남편을 혼자 두고 친정엄마와 함께 점집을 찾았다. 차를 타고 가는 내내, 아무 말도 하지 못했다. 창밖 풍경이 빠르게 지나갈 때 내 머릿속은 더 빠르게 무너져 내리고 있었다. 진짜일까 봐 무서웠다. 정말 내 탓일까 봐, 우리가 애초에 만나지 말아야 했던 운명이었을까 봐. 점쟁이가 뭘 말할지 두려운 게 아니라, 정말로 누군가가 이 모든 고통에 '이유'를 붙여 버릴까 봐 겁이 났다. 이유가 생기면 더 이상 아무것도 부정할 수 없을 것 같았다. 그렇게 30분쯤, 아무 말없이 앞만 바라보며 생각했다.

'차라리 내가 사라져 버리면, 이 모든 게 다 끝나는 거 아닌가?'

감당할 수 없는 미래 앞에서, 도망치고 싶다는 생각 말고는 아무것도 떠오르지 않았다. 비겁한 바람이 자꾸만 들이닥쳤다. 점집에 도착해서 떨리는 마음으로 우리의 생년월일을 알려준 뒤 손에 흐르는 땀을 닦아내며 기다렸다. 긴 침묵 끝에 점쟁이는 여러 풀이를 늘어놓았고 남편의 병에 대해선 아무것도 말하지 않았다.

"둘이 이혼수 없이 잘만 살 텐데, 뭐가 걱정이야? 뭐, 말년에 몸조심해야 할 것 말곤 특별한 거 없어."

점쟁이는 무심히 말했다.

나는 속으로 '나이 들면 다 몸조심해야지' 하고는 허탈한 웃음이 나왔다. 정말 허탈했다.

그날 나는 남편과 내 건강 부적 두 장을 사서 나왔다. 점쟁이가 하나는 남편의 베개 안에, 하나는 내 차에 넣고 다니라고 했다. 이후에도 몇 군데를 더 찾아갔지만 결국 듣는 말은 비슷했다. 그 말들에 이상하게도 '내 탓이 아니다'라는 안도감과 '정말 용한 집이 맞긴 한가?'라는 의구심이 반복되었다.

며칠 후, 주방에서 설거지를 마치길 기다린 듯 내 어깨를 톡톡 치며 시어머니가 물었다.

"굿하고 왔니?"

예상치 못한 질문에 나도 모르게 눈을 피했다. 그냥 하신 말씀인 줄 알았는데 정말로 확인하실 줄은 몰랐다.

"아니요. 아픈 거 맞추는 데가 한 곳도 없던데요."

말끝이 다소 거칠었다. 나도 알았다. 목소리에 날이 서 있었던 걸.

시어머니는 조용히 한숨을 쉬며 말했다.

"그래도 했어야지! 넌 어떨지 몰라도 난 지푸라기라도 잡고 싶은 심정이다."

그 말에 나는 잠시 멈칫했지만, 이내 목소리를 낮춰서 대꾸했다.

"그러면 어머님이 하시면 되잖아요."

"난 종교가 있어서 그런 거 하면 안 돼. 그러니 너한테 부탁했지."

그 말에 나는 더 할 말을 찾지 못했다. 시어머니가 모태 신앙인 것도, 성당에서 열심히 봉사하는 분이라는 것도 잘 알고 있었다. 그렇기에 직접 굿을 하거나 점집에 가는 게 분명 넘을 수 없는 선이라는 것도 이해했다. 하지만 그건 내가 대신 그 역할을 떠안아야 한다는 의미는 아니었다. 더구나 정말로 '굿'이라는걸 한다면 그건 곧 지금 일어난 모든 일이 내 탓이라는 걸 인정하는 게 되어버리는 것 같았다.

대화는 거기서 끝이 났다. 말과 함께 마음도 멈추었다. 그 후로 나와 시어머니 사이에는 말로 설명하기 어려운 어색함이 감돌기 시작했다. 그저 평범한 고부 사이였는데 이제는 서로에게 상처의 이유가 되어버린 것이다.

나는 이 이야기를 누구에게도 꺼내지 않았다. 아니, 꺼낼 수 없었다. 말을 꺼내려 할 때마다, 그 순간의 공기가 목 끝까지 가득 차올라 입 밖으로 나오지 않았다. 그건 어쩌면 말로는 다 설명할 수 없는 종류의 상처였다.

하지만 남편이 하늘로 떠난 뒤에는 자꾸만 그날의 기억이 떠올랐다.

'정말, 내가 그 불행의 시작이었을까.'

'내가 아니었다면 그는 아프지 않았을까.'

'나와 결혼하지 않았다면… 더 오래 살 수 있었을까.'

끝없이 되묻게 되는 질문들.

시간이 흐를수록 잊히기는커녕 오히려 더 또렷해졌다.

아무도 내 탓이라고 말하지는 않았다. 누구도 내게 책임을 묻지 않았다. 그런데 이상하게 그 모든 것이 나를 향하고 있었던 것만 같았다.

'네 탓이야.'

누구의 입에서도 나오지 않은 그 문장이 오랜 침묵 끝에 조용히 나를 향해 선고되는 것 같았다.

남편은 결혼한 지 5개월 만에 암 진단을 받았다. 두 번의 수술, 두 번의 항암치료. 버티고 또 버텼지만, 진단을 받고 나서 4년째 되던 봄에 세 살 아이와 서른셋의 나를 남겨 두고 서른일곱의 그는 하늘로 떠나버렸다. 나는 자꾸만 그 순간으로 되돌아간다. 하늘도 땅도 없는 진공처럼 고요하고 어두운 자리. 그 안에서 나는 그저 서 있었다. 모두가 울었지만, 나는 울 수도 없었다.

내 삶은 분명히 멈춰버렸지만, 시간은 잔인하게도 멈추지 않았다. 아이는 자랐고 봄은 다시 왔다.

사람들은 말한다.

"이제 너의 삶을 살아야지."

"시간이 지나면 괜찮아질 거야."

하지만 정작 내가 듣고 싶었던 말은 다른 것이었다.

"너 때문이 아니야."

"그 누구의 잘못도 아니야."

"네가 그를 사랑했듯, 그는 끝까지 너를 사랑했어."

그런 말이 듣고 싶었다.

나는 매일 나 자신을 설득해야 했다. 매일 밤 자책과 슬픔으로 무너지는 마음을 추슬러야 했다. 사랑했던 사람을 잃고도 살아가야만 하는 삶에서 도망치지 않기 위해 매일 마음을 다잡았다. 오랫동안 나 자신에게서 책임을 물어왔다. 이제는 조금씩 그 손을 놓아보려 한다. 슬픔의 이름으로 나를 묶고 있던 그 죄책감의 실타래를 하나씩 조심스럽게 풀어보려 한다.

누구에게나 불쑥 찾아올 수 있는 비극이 어느 날 나에게도 일어났을 뿐이다. 나는 이제 그 이야기를 꺼내려 한다. 더는 죄책감이 아니라, 기억의 온기로 말이다.

Chapter ③

희미한 빛

Chapter ④

완벽한 행복

사랑이라
믿었던 것들은

스치듯 안녕

오늘의 편지 | 우연일까? 운명일까?

사랑은 거창한 문장에서 시작되지 않는다.

눈을 마주친 순간, 지나가듯 던진 말,

손끝에 닿는 아주 짧은 찰나 같은 데서 시작된다.

처음엔 몰랐다.

그와 나의 시간이 그렇게 오래갈지,

또 그렇게 빨리 끝날지.

결혼할 사이

결혼한 친구 집들이에 참석한 날이었다. 이상하게도 모임에 참석한 사람 중 애인이 없는 건 나 혼자였다. 다들 커플로 온 탓에 분위기는 은근히 짝지어진 사람들끼리 나뉘었다. 연초에 연애를 끝낸 나는 그다지 개의치 않았다. 오히려 자유로워진 내가 더 좋았으니까. 집들이는 꽤 유쾌했고, 나도 나름 즐거운 시간을 보내고 있었다.

그러던 중, 한 친구가 불쑥 말했다.

"소개팅 해줄까? 너랑 완전 잘 어울리는 사람 알아."

나는 웃으며 손사래를 쳤다.

"아니야, 괜찮아. 나 지금 너무 좋아."

하지만 친구는 고집을 부렸다.

"진짜야! 내 남친 친구 중에 너랑 찰떡인 사람 있어. 내가 꼭 연결해 줄게!"

옆에서 듣고 있던 그녀의 애인이 뜨악한 표정을 지으며 말했다.

"근데 그 친구 잘생겼거든요. 그래서 좀…"

그 말에 순간적으로 기분이 상했다.

"잘생겼는데, 그래서요? 저도 어디 가면 인기 많아요."

별것 아닌 말인데도 유치하게 받아친 내 말이 오히려 내 속을 긁었다. 그의 말이 마치 내가 그의 친구와 어울리지 않는다는 뜻처럼 들려 무례하게 느껴졌다. 그러자 친구가 나섰다.

"잘생겼으니까 더 잘 어울리지 않겠어?"

나는 자신감에 차 있었다. 다니던 회사를 그만둔 뒤 홀가분한 마음으로 한 달간 혼자 유럽 여행을 다녀온 여운이 아직 남아 있었고 일상에서도 설렘과 활기가 넘쳐나는 듯했다. 전 애인과의 이별은 벌써 육 개월이나 지났고, 홀로 지내는 나날이 꽤 만족스러웠다. 그래서 친구의 소개팅 제안이 그다지 반갑지 않았다.

하지만 며칠 뒤, 내 친구의 입김이 더 강했는지 상대에게서 먼저 연락이 왔다.

"안녕하세요. 저 지원이 소개로 연락드려요. 이은호입니다. 며칠 편하게 연락하면서 지내면 어때요?"

그렇게 시작된 연락이 자연스럽게 문자로, 때로는 통화로 이어졌다. 조금씩 친밀감이 쌓이는 듯했지만, 여전히 마음 한편엔 경계심이 남아 있었다. 그러다 그가 제안했다.

"이번 주말 저녁에 볼 수 있을까요? 우리 이제 만나도 안 어색할 것 같은데."

그 한마디로 첫 만남의 약속이 잡혔다. 서로의 친구가 주선자가 되어 엮인 관계. 나도, 그도 조심스러울 수밖에 없었다. 첫 만남의 장소는 호프집 앞. 약속 시간에 맞춰 도착했을 때, 그가 모자를 푹 눌러쓴 모습으로 서 있었다.

순간 당황스러웠다.

'첫 만남에 모자라니⋯. 그래도 소개팅인데 너무 성의 없는 거 아니야?'

맥주와 치킨을 앞에 두고 이런저런 이야기를 나누었다. 나는 그의 눈을 똑바로 바라보며 대화를 이어갔다. 하지만 그는 내 시선을 피하느라 바빴다. 나는 모자 아래 숨겨진 그의 눈을 찾아 헤맸고 그는 어쩌다 내가 시선을 돌린 틈에 나를 힐끗 쳐다볼 뿐이었다.

'내가 마음에 안 드는 모양이네. 얼른 먹고 집에 가야겠다. 진짜 예의가 없구만. 잘생겼다더니 도대체 어디가?'

2차를 제안하는 그의 말을 정중히 거절하고 집으로 돌아왔다. 그리고 나는 그날 그의 첫인상에 대해 머릿속으로 결론을 내렸다.

'아니, 이런 사람을 왜 소개해 준 거야?'

그런데 그 이후로 그가 보여준 모습은 첫날과는 전혀 달랐다. 연락의 빈도는 물론이고, 메시지 하나하나에서 적극적인 호감을 표현했다.

"아니 근데… 좀 이상하시네요. 저는 그냥 한번 인사한 사이로만 지내는 게 좋을 것 같은데요. 이렇게 자꾸 연락하시면…"

"아니요! 저는 자주 만나고 싶은데요."

"네?"

"저는 진짜 마음에 들었거든요. 그래서 내일도 보고 싶은데, 혹시 시간 괜찮으세요?"

순간 당황스러웠지만 친구와 그 애인의 체면도 있고, 적어도 세 번은 만나봐야 할 말이 생길 것 같아서 그냥 그러자고 했다. 그렇게 우리는 세 번을 만났다.

한 번은 영화를 보고, 한 번은 차를 마시고, 또 한 번은 밥을 먹었다. 하지만 내 마음은 좀처럼 움직이지 않았다. 그는 꾸준히 연락했고, 마치 우리가 이미 연인이 된 것처럼 매일 만남을 제안했다.

그러다 세 번째 만남이 끝나갈 무렵, 그는 조심스럽게 입을 열었다.

"저 생각보다 괜찮은 사람이에요. 한 번만 제대로 만나보는 거 어때요?"

나는 난처한 듯 고개를 저었다.

"아… 죄송해요. 저 사실 지금은 굳이 연애하고 싶은 마음이 없어요. 이런 마음으론 만나면 안 되는 건데, 그죠? 그러면 이제… 그만 보는 걸로 할까요?"

그는 잠시 멈칫하더니 나지막이 웃었다.

"그러면 제가 기다려도 될까요?"

그 말에 마음이 조금 흔들린 건 사실이었다. 하지만 그 흔들림의 이유를 알 수 없었다. 친구 모임에서 내 소개팅 이야기가 시작되었고, 그 이야기는 곧 친구들 사이에서 화젯거리로 떠올랐다. 나의 첫인상 후기는 우스갯소리로 회자되었고, 거절당한 그에 대한 호평은 이어졌다. 친구들은 내게 장난스럽게 핀잔을 주면서도, 계속 호감을 표현하며 다가오는 그의 끈기를 높이 평가했다. 키 크고 잘

생긴 데다 성격까지 좋다는 평가는 점점 그를 향한 호감도를 상승시켰다. 그리고 그런 이야기는 그의 친구들 사이에서도 마찬가지였던 모양이다. 모두가 흥미롭게 우리의 이야기를 공유했고, 그 관심과 평가들이 마치 나를 그에게로 떠밀고 있는 듯 느껴졌다.

나는 그의 고백을 거절했지만, 그는 포기하지 않았다. 계속 만남을 제안하며 천천히 다가왔다. 이번에는 영화를 보고 차를 마셨다. 그 다음에는 함께 밥도 먹고 술도 마셨다. 그러다 교외로 나가 산책을 하고 점심을 먹고 다시 카페에 들러 차를 마셨다. 그렇게 우리의 시간은 조금씩 늘어났다. 그는 내 속도를 묵묵히 기다려주었다. 내가 마음을 열 때까지, 내가 그를 받아들일 준비가 될 때까지 한 발짝 뒤에서 내 걸음을 맞췄다. 그렇게 우리를 둘러싼 모든 것이 서서히, 그러나 분명하게 나를 그의 곁으로 밀어 넣었다.

그러던 어느 날, 그는 떨리는 목소리로 두 번째 정식 만남을 제안했다. 뜨거운 여름의 한가운데, 우리는 서로의 애인이 되었다. 우리의 연애는 시작되었고, 일상 속으로 스며들기 시작했다.

그후로 그는 만날 때마다 나에게 이렇게 말했다.

"이거 진짜 작업 멘트로 하는 말이 아니라… 우리 결혼하게 될 것 같아. 멀리서 걸어오는 너를 처음 본 순간 알았거든. 뭔가 특별한 게 우리 사이에 생길 거라는 예감이 들더라고."

그리고 이제야 털어놓는 이야기라며 웃음 섞인 목소리로 덧붙였다.

"처음 만났을 때 말이야. 머리를 몇 번이나 감았는지 몰라. 손질해도 마음에 안 들어서 또 감고, 또 하고… 결국 모자를 쓰고 나간 건데. 그리고 네가 너무 눈을 똑바로 바라보면서 이야기하니까, 너무 떨려서 눈을 피할 수밖에 없었어. 그런데 얼굴은 보고 싶어서, 네가 다른 데 볼 때마다 슬쩍 쳐다봤거든."

그의 고백에 나도 모르게 미소가 번졌다. 그는 그날 내가 입었던 옷과 머리 스타일까지 선명하게 기억하고 있었다. 심지어 호프집의 분위기며 손님이 몇 명이었는지까지 기억난다며 웃었다. 그날 내가 그를 별로라고 생각했던 첫인상이 알고 보니 그의 떨림과 긴장 때문이었다는 사실이, 이제는 웃음 짓게 하는 추억이 되었다.

연애가 시작된 지 얼마 지나지 않아 나는 인생에서 처

음으로 항문 시술을 받게 되어 병원에 입원했다. 병실에 들어서니 환자 대부분이 할머니들이었다. 20대는 나 혼자였다. 그 낯선 환경과 생소한 상황에 작아질 수밖에 없었다. 입원과 동시에 할머니들의 호기심이 쏟아졌다.

"아가씨, 몇 살이야? 만나는 애인은 있어? 결혼은 언제 할 거야?"

그 질문들은 마치 통과의례 같았다. 항문 시술이라는 상황이 부끄러워 숨고 싶었지만, 할머니들은 아랑곳하지 않고 자꾸 말을 걸었다. 연애를 가족들에게 알리고 싶지 않던 나는 그에게 아주 단호하게 말했다.

"진짜 오지 마. 나 혼자 충분해. 진짜 절대로! 오지 마!"

하지만 그는 내 말을 전혀 듣지 않은 듯, 한가득 죽을 사 들고 저녁쯤 병실로 들어왔다. 생글생글 웃으며 내 옆에 앉은 그는 단숨에 할머니들의 관심을 끌었다.

"어머, 총각! 자상하기도 해라. 아가씨랑 언제 결혼할 거야? 너무 잘 어울린다."

그는 환한 미소를 띠며 농담 섞인 대답을 내놓았다.

"아이, 그럼요! 올가을쯤 해야죠. 잘 어울리죠?"

그의 태도는 어딘가 자연스러웠고, 할머니들의 관심이 싫지 않은 듯 보였다. 나는 그의 등을 떠밀며 서둘러 병실

밖으로 나왔다. "얼른 가!"라고 말하며 재촉했지만, 그는 웃으며 잠시 산책하자고 내 손을 꼭 잡았다. 병원 주위를 우리는 별다른 말 없이 나란히 걸었다. 그 순간, 불현듯 방귀가 나와버렸다.

"헉!"

나는 놀라며 얼굴이 화끈거렸다. 어쩔 줄 몰라 머뭇거리는 나를 보며 그는 아무렇지도 않은 듯 말했다.

"뭐 어때? 시원하게 껴야 빨리 낫는 거 아니야? 얼른 더 시원하게 껴봐."

그의 태연한 반응에 나는 웃음이 터졌다. 그 뒤로 정말 몇 번의 방귀를 더 뀌었다. 신기하게도 그와 함께 걷는 동안 처음의 창피함은 사라지고, 나는 오히려 편안함을 느꼈다. 그는 퇴원할 때까지 매일 저녁 나와 함께 병원에서 밥을 먹었다. 이제 할머니들의 관심은 나보다 그에게로 향했다.

"저 총각, 정말 대단하네. 매일 오는 거 봐."

할머니들의 웃음소리가 병실에 가득했다.

그날 이후, 우리는 서로 더 가까워졌다. 방귀처럼 자연스럽게, 그리고 방귀처럼 가식 없이.

어떤 믿음

이십 대 후반인 나와 삼십 대 초반이었던 그는, 매달 한두 번씩 서로의 친구나 지인의 결혼식에 참석했다. 하얀 드레스를 입은 신부가 걸어 들어올 때마다, 그는 내 손을 살짝 잡거나 조용히 속삭이곤 했다.

"저렇게 우리도 손잡고 걸어가는 날이 오겠지?"

주변에서도 자연스럽게 결혼 이야기가 오갔다. 그의 친구들은 장난처럼 물었다.

"야, 이 서방은 언제 되는 거냐? 곧 네 차례 아니냐?"

그는 어김없이 웃으며 답했다.

"내가 준비만 되면 바로 보여줄게."

그러면서 나를 향해 장난스러운 눈빛을 보냈다. 나는

그 순간마다 웃음으로 넘어갔지만, 그의 눈빛에는 진심이 묻어나 있었다. 결혼식 후 집으로 돌아오는 길, 우리는 자주 미래에 관한 이야기를 나눴다. 그의 계획을 당연하다는 듯 꺼내 보였다.

"나는 서른두 살쯤 결혼하고 싶어. 서른네 살에는 아이를 낳고 친구 같은 아빠가 되는 게 꿈이야. 우리 아이들은 서로 의지할 수 있도록 꼭 둘 이상이면 좋겠어."

그는 이어서 말했다.

"월급도 전부 다 아내한테 맡길 거야. 나는 가정적인 남편이 되고 싶거든."

그의 말에는 흔들림이 없었다. 이미 머릿속에서 그의 삶의 궤적은 또렷이 그려진 듯했다. 그의 말을 들으면서 문득 입꼬리가 올라갔다. 그의 꿈은 내게 낯설지 않았다. 사실 그는 이미 편지와 함께 작은 목걸이를 건네며 결혼에 대해 말했다.

"우리 이제 이렇게 함께 시작해 보는 게 어때?"

그때 나는 살짝 미소를 띠며 답했다.

"아직은 이르지 않을까? 조금 더 서로를 알아가자."

그는 실망한 기색을 감추려 애쓰면서도, 내 결정을 존중했다. 이후로도 꾸준히 결혼에 관한 이야기를 꺼냈고,

나의 마음이 열리기만을 기다렸다. 그는 늦둥이로 태어나서 부모님, 형제들과 나이 차이가 컸다. 친구들이 부모님과 다정하게 대화하거나 함께 어울리는 모습을 볼 때마다 부러워했다고 한다. 그래서 그는 늘 자신은 아이들과 친구처럼 지내고 싶다고 말했다.

"아이랑 놀아주는 아빠가 되는 게 내 꿈이야. 가끔은 우리 아이들이 아빠랑 있는 걸 친구들한테 자랑할 정도로 친하게 지내고 싶어."

그의 말속에는 어릴 적 느꼈던 아쉬움과 지금 품고 있는 따스한 소망이 고스란히 담겨 있었다. 우리는 서로가 가진 꿈의 다른 점들을 이야기하며 생각의 차이를 좁혀갔다. 나는 아직 결혼과 아이에 대해 확신하지 못했지만, 그와 함께 나누는 대화 속에서 조금씩 다른 가능성에 마음을 열기 시작했다. 우리가 만난 지 1년이 지난 여름, 그는 다시 결혼 이야기를 꺼냈다.

"나는 준비됐어. 네가 준비되면 언제든 바로 시작할 수 있어."

그의 확신과 기다림이 나에게 스며들고 있었다. 내가 내린 답이 무엇이었든, 그는 여전히 나를 기다리고, 또 기다려줄 사람이었다.

내가 가족들에게 그를 소개하고 싶다고 했을 때, 그는 잠시 미소를 띠더니 걱정스러운 표정을 지었다.

"부모님이 반대하시면 어쩌지?"

나는 그런 그의 불안을 달래며 웃었다.

"괜찮아. 우리 부모님은 사람의 진심을 제일 중요하게 보셔. 그냥 있는 그대로 보여드리면 돼."

그는 그 말을 믿고 싶어 하면서도 자신의 속마음을 감추지 못했다. 나보다 나이가 네 살이나 많고, 우리 가족의 막내인 내가 제일 먼저 결혼하는 상황이니, 걱정도 이상한 일은 아니었다. 나는 연년생 삼남매 중 막내였다. 언니와 오빠는 모두 미혼이었고, 맏언니는 은호보다 한 살 어렸다. 게다가 우리 가족은 아직 내가 결혼을 준비할 나이라고 생각하지 않고 있었다. 하지만 그는 나와 올해 안에 꼭 결혼하겠다는 굳은 의지로 부모님과의 만남을 준비했다.

그날, 떨리는 그의 손을 잡고 부모님과의 첫 만남 장소로 향했다. 고르고 고른 일식집이었다. 그의 얼굴엔 긴장과 설렘이 교차했다.

"처음 뵙겠습니다. 이은호입니다."

그의 목소리는 떨렸지만 단단했다.

"민아와 만나고 있고, 결혼하고 싶습니다. A 기업에 다니고 있고, 나이는 서른두 살입니다."

그의 인사말은 단순했지만, 진심이 담겨 있었다.

부모님은 차분히 그의 이야기를 들으며 몇 가지 질문을 던졌다.

"우리 민아 어떻게 만나게 됐어요?"

"회사는 어때요? 요즘 힘들다는 소리가 많던데."

그는 침착하게, 때론 웃음을 섞으며 하나씩 대답해 나갔다. 내가 걱정했던 것과 달리 부모님은 그의 성실함과 진중함을 높이 평가하는 듯했다. 특히 매일 먼 거리를 오가며 나를 만났다는 이야기에 놀란 표정을 지으셨다. 식사가 끝난 후, 그는 부모님께 다시 찾아뵙겠다는 인사와 함께 자리에서 일어섰다. 밖으로 나가는 그의 뒷모습엔 긴장이 많이 풀린 듯했다. 그의 얼굴에는 안도와 설렘이 뒤섞여 있었다. 우리 가족은 그를 반대하지 않았다. 다만 몇 가지 염려를 전했을 뿐이었다. 부모님의 말씀에 잠시 마음이 무거워졌지만, 이내 덧붙이셨다.

"결국 중요한 건 너희 둘이 행복할 수 있느냐는 거야."

"꼭 행복하게 잘 살겠습니다."

그는 나와 함께라면 반드시 행복할 수 있다는 굳은 의

지를 보였고, 그날 이후 본격적으로 준비를 시작했다. 결혼 날짜를 정하고, 예식장을 잡고, 스튜디오 촬영을 하고, 청첩장을 만들었다. 모든 선택은 빠르게 이루어졌다. 나는 오래 고민하는 성격이 아니었다. '지금 좋은 것'을 선택하고, 후회하지 않는 편이었다. 냉장고, 세탁기, TV 같은 가전제품이나 가구를 고를 때도 마찬가지였다. 신혼여행지도 조건에 맞는 최선으로 빠르게 결정했다. 물론모든 것이 순탄한 것은 아니었다. 예상치 못한 문제들로 마음이 흔들릴 때면, 그는 내 곁에서 단단히 버팀목이 되어 주었다.

"민아야, 나를 믿어. 이제 우리 둘이 함께하면 못 할 게 없을 거야."

그의 다독임은 내 마음을 평온하게 만들어주었다. 그의 말처럼, 이제 우리는 함께 어떤 어려움도 이겨낼 수 있을 것만 같았다.

초가을, 아빠의 생신날에 그를 처음 집으로 초대했다. 그는 설레는 표정으로 말했다.

"이건 내가 이 서방으로 인정받았다는 뜻 아니야?"

농담처럼 말했지만, 진심으로 기뻐하는 표정이었다.

자신을 '이 서방'이라 부르며 우리 가족의 일원이 되었다는 사실을 자랑스러워했다.

그 뒤로 그는 결혼을 준비하며 자주 말했다.

"진짜 이렇게 행복한 적은 처음이야."

그 행복은 그의 표정과 행동 곳곳에서 고스란히 전해졌다. 모든 선택이 순조롭게 흘러가고 있었다. 그리고 나는 확신할 수 있었다. 이제 그와 함께라면, 어떤 순간이든 결국엔 웃을 수 있으리라는 믿음이 내 안에 자리 잡고 있다는 것을.

일상의 온기

오늘의 편지 ┃ 영원할 줄 알았어

스물여덟의 나와 서른두 살의 그가 2014년 겨울, 많은 사람의 축복 속에서 마침내 부부가 되었다. 결혼은 내 삶을 송두리째 뒤흔드는 거대한 변화였다. 마음가짐부터 타인들의 시선, 생활 공간, 심지어 내 이름을 부르는 호칭까지 모든 것이 낯설고도 새로웠다. 마치 내가 전혀 알지 못했던 세계의 문턱을 넘은 기분이었다.

신혼여행에서 돌아와, 우리가 함께 마련한 작은 집에서 첫날 밤을 맞이했다. 여느 때처럼 웃으며 대화를 나누다가도 서로를 마주 볼 때마다 어딘가 서툰 긴장감이 감돌았다. 부부라는 새로운 이름이 주는 무게가 낯설었고, 설렘 속에도 익숙지 않은 책임감이 스며들었다.

침대에 누워 막 잠들 준비를 할 무렵, 그가 자연스럽게 나를 부르며 말했다.

"여보, 불 끌까?"

단순한 말 한마디였지만, 순간적으로 가슴 한구석이 간질거리며 어색함이 밀려왔다.

"아, 뭐야. 왜 그렇게 불러? 이상하게."

그는 웃으며 말했다.

"뭐가? 우리 부부잖아. 이제 당연히 여보 아니야?"

나는 평소처럼 행동하려 했지만, 얼굴이 뜨거워졌다.

"그래도… 이상해."

"곧 익숙해질 거야. 조금만 기다려봐."

그날 밤, 나는 뒤척이며 그의 말이 자꾸만 머릿속을 맴돌았다. '여보'라는 짧은 단어 속에 담긴 익숙함과 낯섦, 그리고 앞으로 함께 만들어가야 할 시간의 무게를 조금씩 실감했다.

나는 아침잠이 많아 스스로 일어나는 일이 늘 힘겨웠다. 특히 평일 출근길은 고역이었다. 알람 소리가 몇 번이고 울려도 깨어나지 못할 때가 많았다. 그럴 때마다 그는 나보다 더 이른 시간에 출근해야 하는데도, 잊지 않고 전화를 걸었다.

"일어나야지. 늦겠다."

그의 목소리는 단호했지만, 어딘가 다정한 온기가 묻어 있었다. 나도 모르게 한숨을 쉬며 겨우 눈을 뜨고 출근 준비를 마칠 수 있었다. 그렇게 각자의 회사에서 하루를 보내고 퇴근 후 다시 집에서 만났다. 가끔 퇴근 시간이 빠른 날이면 그가 먼저 집에 도착해 밥을 해두고 나를 기다렸다. 치치치직, 밥솥에서 김이 피어오르는 소리와 함께 따뜻한 밥 냄새가 중문 밖까지 스며들었다. 문을 열고 들어가면 그는 늘 환한 얼굴로 나를 맞아줬다.

"왔어? 오늘도 고생 많았지."

그 말에 하루의 피로가 스르르 녹아내리는 기분이었다. 나는 옷을 갈아입고 나오고, 그는 거실을 정리하며 냉장고에서 반찬을 꺼내놓았다. 간단한 찌개 하나를 후다닥 끓였다. 새로운 요리를 시도할 때면, 그는 호기심 가득한 눈빛으로 나를 지켜봤다.

"이거 뭐야? 오늘 메뉴는 뭐야?"

"비밀이야."

완성된 요리를 한 입 먹은 그는 매번 밝은 미소로 말했다.

"와, 진짜 맛있다. 요리 천재 아니야?"

그의 칭찬 한마디가 나를 웃게 했다.

저녁 식탁에 나란히 앉아 하루 동안 있었던 일들을 나누는 시간은 우리만의 작은 의식과도 같았다. 서로의 시간과 감정을 교환하며, 자연스레 하루의 끝을 정리했다. 하지만 어떤 날은 회사에서 있었던 작은 갈등이 내 기분을 망쳐, 우울한 기색을 감출 수 없을 때도 있었다. 그럴 때 그는 내 얼굴만 보고도 금세 알아차렸다.

"무슨 일 있었어?"

그의 물음에 나는 조금도 망설이지 않고 그날의 속상했던 일들을 모두 털어놓았다. 그는 말 없이 묵묵히 이야기를 들어주었다. 그러다 가끔은 나보다 더 화를 내며 말했다.

"아니, 미친 거 아니야?"

그가 나보다 더 화내는 모습은 묘하게 마음을 놓이게 했다. 나는 더 이상 말하지 않아도 괜찮다는 안도감 속에서, 조금씩 그에게 기대기 시작했다.

한 주를 보내고 맞이한 금요일 저녁, 우리는 동네의 작은 고깃집으로 향했다. 익숙하고 고소한 냄새가 골목을 감싸고, 반갑게 인사하는 사장님의 목소리가 정겹게 들려왔다. 늘 그랬듯, 우리는 안쪽 구석의 익숙한 자리에 앉았다. 소주잔을 조용히 부딪히며, 한 주를 정리하듯 이런 저런 이야기를 나누었다.

"이번 주 정말 힘들었지. 고생 많았어."

"여보도 수고했어. 이제 푹 쉬자."

그가 소주 한 잔을 따라주며 웃었다. 나는 방금 구운 고기를 쌈에 싸서 건넸다.

"자, 내가 만든 쌈이 훨씬 맛있어."

그는 장난스럽게 고개를 흔들며 입을 벌렸다. 그의 웃음이 가득한 얼굴을 보며 나도 덩달아 기분이 좋아졌다. 특별한 사건 하나 없는 평범한 하루였지만, 우리에게는 그 시간이 무엇보다 소중했다. 이야기는 끊이지 않았다. 한 잔이 비면 또 한 잔이 채워지고, 소주병이 하나둘 늘어갈수록 우리의 대화는 더 깊어졌다. 가볍게 지나칠 수 있었던 일들도 이렇게 마주 앉아 있으면 이야기가 됐다. 그것은 서로에 대한 이해로 이어졌다.

배를 채운 우리는 느긋한 발걸음으로 허름한 조개구이 집을 향했다. 오래된 나무 간판 아래 걸린 조명은 따스한 노란빛을 띠고 있었다. 테이블 위에서 익어가는 조개의 향기가 코끝을 간지럽혔다. 그 시간은 마치 우리만의 작은 축제 같았다. 소소한 농담에 웃음이 터지고, 술기운에 살짝 붉어진 그의 얼굴을 바라보며 나는 행복이란 게 별 게 아닐 수도 있겠다는 생각이 들었다. 밤이 깊어가고 술기운이 더해지자, 그는 갑자기 나를 업겠다고 나섰다.

"어디 한번 업어보실까?"

"괜찮아, 무거워."

"무거우면 어때. 우리 부부인데."

그는 취기에 기분 좋게 웃으며 나를 가볍게 들어 올렸다. 연애 때는 쑥스러워서 해보지 못했던 일들이 이제는 부부라는 이유로 자연스럽게 가능해졌다. 그의 등에 기대어 조용한 골목길을 함께 걸었다. 흔들리는 시야 너머로 그의 발걸음에 맞춰 세상이 천천히 움직였다. 거리에는 적막이 흐르고 있었지만, 그 순간만큼은 우리가 세상의 전부인 것만 같았다.

"이제 마음껏 해보자. 내가 옆에 있다는 거 잊지 마, 한 번씩 보면 잊는 거 같더라."

그의 목소리는 낮지만 단단했다. 약속이 아니라, 우리 일상의 일부가 된 그의 말에 마음이 따뜻해졌다. 그 순간이 언제까지나 기억에 남길 바랐다. 이렇게 별다를 것 없는 하루가 우리의 인생을 조금씩 채우고 있다는 사실이, 더없이 소중하게 느껴졌다. 그리고 앞으로도 이런 하루

하루가 쌓여, 우리가 서로에게 온전히 물들어 갈 수 있기를 간절히 바랐다.

우리는 그렇게 완벽히 행복했다.

새로운 길

유난히 날씨가 좋아서 한껏 들뜬 금요일이었다. 하늘은 맑았고, 창밖으로 쏟아지는 햇빛이 유리창을 투과해 따스하게 느껴졌다. 점심시간을 기다리며, 오늘 하루는 기분 좋게 흘러가겠구나 싶었다. 하지만 그의 전화 한 통이 모든 것을 바꿔놓았다.

점심시간, 회사 직원들과 차로 십오분 거리에 있는 찜닭집에 막 도착한 상황이었다. 이곳은 그와도 자주 찾았던 단골집이어서 익숙한 풍경이 반갑게 느껴졌다. 직원들과 둥글게 둘러앉아 주문한 찜닭을 기다리며 이야기를 나누던 중, 그에게 전화가 걸려 왔다.

그는 보통 점심을 먹기 전이나 후에 연락하는 일이 많았다. 시계를 흘끗 보니 점심을 먹고 전화를 한 듯했다. 나는 잠시 자리를 벗어나 통화 버튼을 눌렀다.

"여보, 지금 어디야?"

"이제 먹으러 나왔어. 오빠는 점심 먹었어?"

"나 지금 병원에 왔어."

"응? 병원은 왜? 어디 다쳤어?"

"그게 아니고… 지금 대학병원인데, 뇌종양일 가능성이 있다고 하네."

순간 귀에서 웅 하고 울리는 소리가 나는 것 같았다.

"뭐? 그게 무슨 말이야?"

"오늘 일하다가 이명이 들리더라고. 그래서 팀장님께 말씀드렸더니 병원에 다녀오라고 하셔서 잠깐 갔었어. 그런데 거기서 엑스레이를 찍어보더니 바로 대학병원 가라고 하더라고."

"……"

"지금 응급실에서 기다리고 있어. 검사 중이라 아직 확실한 건 아니니까 너무 걱정하지 마."

그의 말은 차분했지만, 나의 머릿속은 이미 공포와 혼란으로 가득 찼다.

"아니… 이게 지금… 뭐가 어떻게 된 거야?"

"여보, 너무 걱정하지 말고. 나중에 검사 결과 나오면 다시 얘기하자. 점심 잘 먹어."

나는 대답할 말조차 찾지 못한 채 전화가 끊겼다. 손에 쥔 휴대폰이 어쩐지 낯설게 느껴졌다. 마치 손끝에서 미끄러질 것 같은 불안감과 함께, 내가 있는 이곳조차 한순간에 낯선 공간으로 변해버렸다. 뇌종양이라는 말을 듣자마자 나도 모르는 사이 눈물이 흘러내리고 있었다. 그는 내 눈물을 감지하고 얼른 전화를 끊었고, 나는 멍하니 서서 그의 말을 다시 되뇌었다. 이명, 뇌종양… 머릿속이 하얗게 비어버렸다. 세상이 갑자기 멈춰버린 것 같았다. 내 발밑으로 천천히 무너져 내리는 기분이었다.

그를 알게 된 이후로 한 번도 아프다는 말을 들은 적이 없었다. 건강에 자신이 있는 그는 항상 어딘가 부실한 내가 조금이라도 아플까 늘 염려했는데, 나는 한 번도 그가 아프면 어떻게 하나 생각해 보지는 못했다. 그런 그가 병원이라니. 그것도 뇌종양이라니. 도대체 무슨 일인지 한번에 알아들을 수 없었다. 알아듣고 싶지 않았다. 그의 목소리가 귓가에 맴돌며 점점 더 선명하게 나를 짓눌렀다.

먼저 식사를 하고 있던 직원들이 하나둘 나를 쳐다보

기 시작했다. 자리로 돌아가니 다들 무슨 일이냐며 물어 댔다. 짧게 설명하고 오늘 반차를 쓰고 퇴근해 봐야 할 것 같다고 했다. 과장님께서는 그래도 점심은 잘 챙겨 먹고 힘내서 얼른 가보라고 하셨다. 별일 없을 것이라고도 하셨다. 그 말은 위로가 되었던 걸까? 아니면 더 막막하게 느껴졌던 걸까? 내 마음속에는 오히려 큰 파도가 일렁였다. 일렁이는 마음을 부여잡고 대학병원 응급실로 향했다. 문을 열고 들어서는 순간, 낯선 소음과 희미한 소독약 냄새가 코끝을 스쳤다.

CT를 찍고 기다리는 중이라고 했다. "여기서 그냥 기다리기만 하니까 지겨워. 빨리 나가고 싶다." 말하는 그의 목소리는 평소처럼 밝고 가벼웠지만, 그 안에 담긴 미세한 떨림이 나를 괴롭게 했다. 왜 이런 일을 아무렇지 않게 말할 수 있는지, 그가 정말 이 상황을 아무렇지 않게 받아들이고 있는 건지 이해할 수 없었다.

잠시 후, 뒤따라 시부모님과 친정 부모님이 응급실로 달려오셨다. 각자의 일상을 멈추고 허겁지겁 달려온 그들의 모습은 이 비현실적인 상황이 사실이 아니기를 바라는 마음을 드러내는 듯했다. 병원 복도에 선 부모님의 얼굴에 놀람과 불안이 뒤섞여 있었다. 모두 아무 말도 하지 못한 채, 의사에게서 나올 결과를 기다릴 뿐이었다. 그리고 마침내 들려온 CT 결과. 뇌종양이 의심된다는 말이 우리의 세계를 무너뜨렸다. 정확한 병명은 수술 후 종양 검사를 통해야 알 수 있다고 했다. 무언가 단단히 붙잡고 있던 손끝에서 힘이 풀리며 머리가 텅 비는 듯했다. 의심이라고 했지만, 확정과도 다름없었다.

긴 시간의 기다림 끝에 응급실을 나선 건 저녁이 훌쩍 지나서였다. 모든 결정을 내린 것 같지만, 정작 결정된 건 아무것도 없었다. 병원 복도를 나서며 챙긴 것은 진료 의뢰서와 CT 복사본, 그리고 무겁게 내려앉은 마음뿐이었다. 이질적인 고요 속에서 우리는 발걸음을 옮겼지만, 누군가의 숨소리 하나라도 무너지면 그 모든 고요가 깨질 것 같았다.

부랴부랴 서울대학교 병원으로 온라인 예약을 했다. 화면에 뜬 시간표에서 제일 빠른 월요일 오전 진료를 선택하면서도 손끝이 떨렸다. 예약 확인 창이 뜨는 순간, 안도보다는 더욱 무거운 현실감이 밀려왔다. 지방 대학 병원에서 받은 진료 의뢰서와 CT 복사본을 챙기며, 뇌종양 명의는 누구인지, 어떤 사례들이 있는지를 검색하기 시작했다. 검색창에 쏟아지는 정보 속에서 길을 잃은 듯한 기분이었다. 어떤 글은 희망의 불씨를 심어주었지만, 이어지는 다른 이야기들은 한순간에 그 불씨를 꺼버렸다. 잠시 숨통이 트이는 듯 하다가도 몸서리가 쳐졌다. 시간은 잔인할 정도로 빠르게 흘러가고 있었고, 키보드를 치는 손끝에는 어느새 땀이 배어 있었다.

　그렇게 밤이 깊었다. 창밖에서는 어둠이 내려앉았지만, 내 마음속엔 한 치 앞도 보이지 않는 안개가 가득했다. 끝없는 물음표들이 꼬리를 물고 떠올랐고, 답을 알 수 없는 질문들만이 내 머릿속을 지배했다. 결국 새벽녘이 되어서야 몸을 이불 속으로 밀어 넣었지만, 마음은 여전히 차갑고 텅 빈 상태로 밤을 견뎠다.

　나는 불안을 숨길 수 없었는데 그는 달랐다. 달라 보였다. 진료 예약을 마쳤다는 이야기를 전하면서도 내 말은 자꾸 흔들렸지만, 그는 여전히 평소처럼 농담을 건네며 물을 마셨다.

　"아, 이참에 회사 좀 쉴 수 있겠네. 누워서 영화도 보고 편하게 요양 좀 해보지, 뭐. 나 입원 처음 해보는 거잖아."

　그 말투에는 태연함이 묻어 있었고, 나를 쳐다보는 눈빛에는 괜찮으니 겁먹지 말라고 말하는 듯한 단단함이 담겨 있었다. 그는 늘 그런 사람이었다. 무슨 일이 생겨도 침착하게 상황을 정리했고, 감정에 휘둘려 판단하거나 결정을 내리지 않았다. 나보다 먼저 다급해지는 일도 없었고 언제나 내 마음이 흔들릴 때마다 오히려 나를 붙잡아주던 사람이었다. 이번에도 마찬가지였다. 본인이 하루아침에 '아픈 사람'이 되었음에도 그는 안절부절하는 나를 안심시키는 데 더 열심이었다. 말없이 손을 잡아주고 검색창을 붙잡고 있는 내 어깨를 다독였다.

"여보, 그만 봐. 아직 아무것도 결정된 거 없어. 이왕 이렇게 된 거 차근차근 치료하면 되는 거야. 걱정하지 마, 나 그냥 많이 안아줘. 알겠지?"

어째서 이렇게 걱정 없이 긍정적일 수 있는 걸까, 이해할 수 없었지만, 또 한편으로 내가 너무 동동거렸나 싶은 마음도 스쳤다. 울고 싶지 않았지만 도리가 없었다.

월요일 새벽, 혹시 모를 상황에 대비해서 입원 준비를 마쳤다. 한밤중에도 잠들지 못한 무거운 마음을 품고, 우리는 새벽어둠 속을 달려 서울대학교병원으로 향했다. 이렇게 서울에 오게 될 줄이야. 한 번도 상상해 보지 못했던 상황이었다. 차 안의 공기는 무거웠다. 모두 말없이 각자의 생각에 잠긴 채 창밖을 바라보았다. 어둠 속 고속도로를 달리는 차 안에서 나는 갑갑한 마음을 억누르려 창문에 이마를 댔다. 주차장에 도착해도 여전히 새벽빛은 희미했고, 서울의 낯선 공기가 피부에 와닿았다.

온 가족이 병원 로비 중앙에 모여 앉았다. 그 분위기가 너무나도 생소하고 어색했다. 처음 와 본 서울대학교병원의 규모와 복잡함에 나는 놀랐다. 경직된 몸으로 조심스럽게 걸음을 옮겼다. 걱정을 가득 안은 채 수많은 사람을 헤치며 예약한 교수님의 방을 찾아 나섰다. 예약 시간보다 조금 이른 시각, 그의 이름이 불렸다. 이름이 호명되자마자 심장이 두근거렸고, 모두가 따라 줄을 이어 방 안으로 들어섰다. 교수님은 미리 제출한 CT를 들여다보시더니 잠시 고개를 갸웃하며, "이야, 이거 나한테 오면 안 되는 거 같은데…." 혼잣말처럼 중얼거렸다.

그 순간, 머릿속에 온갖 걱정이 스쳐 지나갔다. '무슨 뜻일까? 무슨 일이 더 복잡해졌다는 걸까?' 교수님은 이내 간호사를 불러 다른 교수님과 통화하기 시작했다. 숨 죽인 채 대화를 지켜보는 동안 손에 쥔 가방끈이 축축해질 정도로 땀이 배어 나왔다.

"마침 해당 교수님이 진료 중이라고 하니 방으로 가보세요. 저보다는 그 교수님이 더 적합하실 것 같습니다."

교수님의 차분한 말투 속에서 상황의 무게가 느껴졌다. 우리는 다른 방으로 안내받았다. 발걸음을 옮기는 동안 공기가 더욱 차갑게 느껴졌다. 이 긴 복도 끝엔 어떤 이야기가 기다리고 있을까, 생각만으로도 가슴이 답답해졌다. 그곳은 이름만 들어도 심장이 내려앉을 것 같은, 암 센터의 뇌종양 센터였다. 병원의 새로운 건물을 지나 지하로 향했다. 도착한 곳에서는 우리가 마지막 환자라며 기다리고 있었다. 문을 열고 들어서니 교수님은 이미 화면에 집중한 채 검사 결과를 들여다보고 계셨다.

나는 혹시라도 놓치는 이야기가 있을까 싶어 메모장을 꺼내 들었다. 목소리가 떨리는 것을 숨기며 가벼운 인사 후 교수님 앞에 앉았고, 교수님은 화면을 가리키며 조심스레 입을 열었다.

"신경교종인 것 같습니다. 더 자세한 건 수술 후 종양 검사를 해봐야 정확히 알 수 있지만, 모양으로 봐서는 교모세포종일 확률이 높아 보입니다만… 정확한 건 아직 알 수 없습니다."

순간 머릿속이 하얘졌다. '교모세포종'이란 단어가 가슴을 찌르는 듯했고, 의미조차 이해하지 못한 채 그 말을 되뇌었다. 나는 겨우 입을 열어 물었다.

"그게… 뭔가요? 신경교종이요?"

교수님은 차분히 설명을 이어갔다.

"뇌종양에는 등급이 있어요. 1등급부터 4등급까지로 나뉘고, 1등급과 2등급은 양성, 3등급과 4등급은 악성으로 분류됩니다. 현재로서는 악성일 가능성이 높아 보이지만, 확실히 단정할 수는 없습니다. 수술을 통해 더 정확히 알게 될 겁니다."

말씀을 듣는 동안 손에 쥔 메모장이 축축하게 젖어갔다. 나는 간신히 떨리는 목소리로 질문을 이어갔다.

"… 수술하면 괜찮아질까요?"

교수님은 잠시 머뭇거리다 조심스레 대답했다.

"아직 많이 젊으시니 좋은 결과를 기대해야죠. 긍정적인 마음으로 준비하시길 바랍니다."

교수님은 곧이어 몇 가지 질문을 더 던지셨다.

"지방에서 오셨네요? 무슨 일을 하시나요?"

그의 직업과 일상에 대해 물었고, 동행한 사람들의 관계를 확인했다. 그때 시어머니께서 무겁게 입을 떼셨다.

"이제 막 결혼한 아이들입니다. 잘 부탁드립니다."

짧은 한마디에 담긴 애타는 마음이 방 안을 울리는 것 같았다. 우리는 어떻게든 빨리 수술을 진행하길 원했지만, 수술 절차와 이미 잡혀 있는 일정들 때문에 순서를 기다려야 했다. 병원 측에서는 일정이 정해지면 연락을 주겠다고 했다.

병원을 나서는 발걸음이 무거웠다. 병원 앞의 음식점에서 늦은 점심을 먹기로 했지만, 음식이 입으로 넘어가지 않았다. 너무 큰 병원에서 이리저리 헤매고, 긴장 속에 새로운 병명을 접하고, 환자 등록과 서류 발급까지 모든 일을 처리하느라 정신이 온통 탈진한 상태였다. 식탁에 놓인 수저를 바라보는 동안에도 머릿속에는 수많은 생각이 떠올랐다. 언제 시작될지 모르는 수술, 앞으로의 여정, 그리고 그의 고통까지. 모든 것이 거대한 파도처럼 나를 덮쳤다. 혹시 바로 입원하게 될까 챙겨 온 물건들은 정말 짐이 되었다. 무거운 짐들을 다시 챙겨 별다른 소득 없이 다시 집으로 내려왔다. 그의 표정은 여전히 평정심을 유지하려는 듯 보였지만, 말투와 몸짓에 묻어나는 지친 기색은 감출 수 없었다. 그는 이미 회사에 휴가를 냈고, 수술 후 정확한 병명을 확인한 뒤 진단서를 첨부해 병가를 처리하겠노라 상사에게 이야기를 해둔 상태였다.

반면, 나는 정신과 몸이 모두 망가진 기분이었다. 고작 나흘 사이 입술은 부르트고 몸 곳곳이 아팠다. 열이 오를

듯 말 듯했지만, 스스로를 다잡으며 버텼다. '나는 이제 아프면 안 돼.' 이 말이 머릿속에 맴돌며 나를 억지로 일으켜 세웠다. 지금 내가 무너지면, 그를 돌볼 사람은 없으니까. 하지만 마음만큼은 이미 철저히 무너져 내리고 있었다. 창문 너머로 스치는 풍경이 뿌옇게 보였다. 눈물이 흐르는 것을 느끼며 급히 손등으로 닦아냈다. 내가 울면 안 될 것 같아서. 그러나 눈물은 멈추지 않았고, 시야는 다시 흐려졌다.

'우리가 어쩌다 여기까지 왔을까?'

마음속 물음표들이 하나둘씩 고개를 들고 끝없이 이어졌다. 어제의 나는 우리가 어떤 어려움도 함께 이겨낼 수 있을 거라 믿었고, 삶은 언제나 우리 편이라고 생각했다. 하지만 결국 깨달았다. 삶은 그렇게 호락호락하지 않고, 행복의 중심을 갑자기 비집고 들어와 예고 없이 모든 것을 앗아가기도 한다는 것을. 내가 사랑하는 사람과 함께 걷는 이 길이 반드시 꽃길일 수는 없다는 사실도, 마주 서고 나서야 비로소 알게 되었다.

괜찮아, 괜찮지 않아

오늘의 편지 ㅣ 믿음으로 서로를 알아볼 때

나는 회사에 출근해 일을 하고, 남편은 집에 혼자 남아 시간을 보내는 날들이 이어졌다. 그러던 어느 날, 병원에서 갑작스럽게 전화가 걸려 왔다. 기다림이 길 것으로 예상했는데 생각보다 빨리 연락을 준 것이다.

"이틀 뒤 입원하실 수 있으신가요?"

갑작스러운 소식에 마음은 덜컥 내려앉았지만, 겉으로는 침착하게 대답했다.

"아, 네! 할 수 있죠."

그러나 말을 내뱉으면서도 머릿속은 복잡하게 얽혀들었다. 이틀이라니, 준비할 시간이 너무나 부족했다.

"그러면 입원 물품 문자로 안내해 드릴 테니 준비하셔

서 오후 2시까지 입원 병동으로 와주세요."

수술은 입원 후 이틀 뒤로 잡혔다. 예상보다 빠르게 다가온 일정에 마음이 휘청거렸다. 숨을 깊이 들이마셔도 가슴 속에 가득 찬 불안은 좀처럼 가라앉지 않았다.

하루는 친정에서, 하루는 시댁에서 저녁을 먹으며 그의 무사와 수술의 성공을 기원했다. 부모님들은 아무 일 없을 거라는 말로 우리를 다독였지만, 식탁 위의 공기는 무겁고 침묵은 길었다. 나는 웃음을 지어 보이며 평소처럼 행동하려 애썼지만, 속으로는 수없이 되뇌었다.

'괜찮아야 해. 제발, 괜찮아야 해.'

이틀 뒤, 그와 단둘이 입원을 위해 서울행 KTX에 몸을 실었다. 창밖으로 스쳐 지나가는 풍경을 바라보며 나는 입술을 꽉 깨물었다. 수없이 오갔던 길이지만, 모든 것이 다르게 느껴졌다. 익숙한 풍경 속에서도 낯선 긴장감이 피어올랐다.

그는 "괜찮아"라는 말로 나를 안심시키려 했지만, 눈길을 피하는 그의 표정은 그가 괜찮지 않음을 말하고 있었다. 그리고 나도 마찬가지였다. 우리는 서로를 다독이며 괜찮다고 되뇌었지만, 마음속엔 끝없이 이어지는 불안과 두려움이 자리하고 있었다.

"괜찮아."

하지만, 진짜로 괜찮지 않았다.

서울대학교 병원은 여전히 크고 복잡했다. 곳곳에 어지럽게 그어진 화살표를 따라 걷다 보면, 내가 찾는 곳은 늘 멀게만 느껴졌다. CT실, MRI실… 신경외과 병동 하나를 찾아가는 일조차 고되고 혼란스러웠다. 병원 특유의 공기와 수술이라는 단어가 머리 한구석에서 끊임없이 맴돌며 나를 긴장하게 했다. 여러 기초 검사를 마치고 드디어 입원이 진행되었다. 환자복으로 갈아입고 병실 침대에 앉아 있는 그의 모습은 낯설었다. 그는 담담한 척했지만, 나는 그 옆에서 숨을 내쉴 때마다 심장이 쿵쿵 뛰는 소리를 온몸으로 느꼈다.

수술에 대한 설명이 이어졌고, 부작용에 대한 경고가 나올 때마다 마음이 점점 조여 왔다. 앞으로 어떤 일이 벌어질지 알 수 없다는 사실이 나를 더 두렵게 만들었다. 그런데도 그는 차분한 목소리로 말했다.

"지금 제가 할 수 있는 선택은 수술뿐이니, 당연히 이 모든 걸 감수하고서라도 해야죠."

그는 주저 없이 동의서에 서명했다.

그때 의사가 내게 물었다.

"옆에 계신 분은 누구시죠?"

나는 순간 멈칫했지만, 곧 침착하게 대답했다.

"배우자…요."

한 번도 누군가의 보호자가 되어본 적 없던 나는, 그의 보호자로서 내 이름을 동의서에 적어 내려갔다. 떨리는 손끝을 간신히 다독이며.

잠시 뒤, 병원에서 쪽지가 건네졌다.

"수술 준비를 위해 머리를 깎아야 합니다. 병원 건물 내 미용실로 가세요."

삭발이라는 말에 가슴이 쿵 내려앉았다. 머리카락은 다시 자랄 테지만, 이 순간은 다시 오지 않을 것 같아서 마지막 사진을 남기기로 했다. 병실 한쪽에서 조용히 카메라를 들었다. 미용실로 향하는 길은 유난히 길고 무거웠다. 미용사는 능숙한 손놀림으로 그의 머리카락을 깎아내렸다. 손을 멈추고 그의 민머리를 살펴보던 미용사가 말했다.

"이렇게 두상이 잘생긴 분은 처음 봐요. 수술 잘 받으시고 잘 회복하세요."

그는 머리를 한 번 쓰다듬으며 웃어 보였다. 삭발 후의 모습이 낯설었지만, 미용사의 칭찬에 그는 한결 가벼워진 듯 보였다. 나는 그의 옆에서 그 순간을 가만히 바라보면서 생각했다.

'희망은, 이렇게 작고 사소한 순간에도 스며드는구나.'

새벽이든 아침이든 저녁이든, 시간에 상관없이 어디로 무슨 검사를 하러 가라는 연락이 오면 움직이기 바빴다. 그래야만 수술을 할 수 있었기에, 틈틈이 밥을 먹고 잠을 자며 수술 준비를 했다. 마침내 수술 당일이 다가왔다. 시부모님과 아빠가 병원에 도착했다. 그는 정밀한 수술을 위해 약을 투여받고 햇빛을 피하려고 이불을 뒤집어쓰고 수술실 연락을 기다렸다.

열 시가 넘어서 그는 수술실로 옮겨졌고 우리는 수술 대기실로 향했다. '대기 중'에서 '수술 중'으로 현황표가 바뀌자, 마음이 조여왔다. 예상 시간을 알려주었지만, 실제 수술 시간이 더 짧거나 길어질 수 있다고 했다. 기다리는 동안 시부모님이 먼저 식사를 하고 오시고, 아빠와 나는 직원 식당에서 점심을 먹었다. 아무리 시계를 봐도 시곗바늘이 움직이지 않는 것 같았다.

한 시간, 두 시간, 세 시간… 가만히 기다릴 수가 없어서 병원 안을 몇 바퀴나 돌았다. 마음속으로 수많은 상상이 오갔다. 상상하고 싶지 않았지만, 상상하지 않을 도리가 없었다. 그가 수술실에 들어간 순간부터, 시간은 나를 압도했다. 한순간도 안심할 수 없었다. 아무리 노력해도 불안은 여전히 내 안에 뿌리 깊이 박혀 있었다. 그리고 시간이 흘러, 여덟 시간을 넘겨 그의 현황표가 '회복 중'으로 바뀌었다. 그 순간, 내 마음은 복잡한 감정으로 물들었다.

"어? 바뀌었어요! 이제 끝났나 봐요!"

급하게 주변을 둘러봤다. 수술 대기실의 사람들이 하나 둘 떠나 우리만 그 자리에 남겨져 있었다. 안도감이 몰려왔지만, 그것이 온전히 기쁨으로 이어지지 못했다. 회복 중이라는 문구를 보았을 때, 가슴 한편에서는 여전히 무언가 놓친 듯한 느낌이 들었다. 수술이 끝났다고 해서 모든 것이 끝난 것이 아니었다. 이제야 시작된 것이다. 내가 느낀 그 미묘한 감정은, 아직 끝나지 않은 여정을 깨닫게 했다. 회복실에서 한참 있던 그는 바로 중환자실로 옮겨질 거라고 했다. 환자가 중환자실로 옮겨졌다는 말을 듣고 얼른 뛰어 올라갔다. 중환자실 앞에는 이미 여러 가족이 대기 중이었고 면회 시간이 다가오고 있었다. 나는 수화기를 들고 이은호 보호자라고 말했다.

"아직 환자가 도착하지 않았으니, 잠시 앞에서 대기해 주세요."

가슴을 졸이며 두 손을 마주 잡고 간절히 빌었다. 중환자실 문 앞에 앉아, 그가 살아서 돌아오기를, 그 어떤 변화라도 좋으니까 그가 다시 내게 돌아오기를 바라는 마음으로 기다렸다. 이불을 뒤집어쓰고 들어가는 침대가 하나 보였지만, 그가 거기 있는지 아닌지 알 수 없었다. 수술에 참여했던 처음 보는 의사가 문을 열고 나왔다. 아마도 레지던트인 듯했다.

"수술은 잘 되었고, 지금은 중환자실에서 수술 경과를 지켜볼 겁니다. 내일 오전에 담당 교수님과 면담하실 수 있으실 거예요. 생각보다 수술이 오래 걸려서 힘들었는데, 최대한 종양을 완전히 절제하는 데 집중했습니다. 감사합니다."

필요한 말만 하고 의사는 다시 문을 열어 안으로 들어갔다. 그의 목소리가 남긴 공허한 울림만이 내 마음속에 울렸다. 수술은 잘 되었다고 했지만, 바짝 마른 입술과 혈색 없는 의사의 모습에서 힘든 수술이었음을 짐작할 수 있었다. 그래서인지 무사히 끝났다는 말이 그렇게 쉽게 믿어지지 않았다. 중환자실 면회는 시간이 정해져 있어

무작정 기다릴 수만은 없었다. 아빠는 수술 경과를 들은 뒤 KTX 막차를 타기 위해 떠났고, 시부모님은 내일 다시 오겠다고 하시며 병원 앞 모텔로 향했다. 나는 언제 불릴지 몰라, 중환자실 앞 보호자 대기실에서 쪼그려 앉아 하룻밤을 보냈다.

시간이 멈춘 듯, 그곳은 온통 차갑고 고요했다. 사람들은 떠났고, 나만 홀로 남아 그저 그의 이름을 불러보았다. 아무리 소리쳐도 돌아오는 대답은 없었다. 불안이 사라지지 않았다. 시간은 어느덧 오전 면회를 앞두고 있었다. 한 명만 정해진 시간에 면회할 수 있어서 시부모님이 나를 먼저 들여보내 주셨다. 나는 그의 침대를 찾아갔다. 지친 기색이 가득한 채 곤히 잠들어 있는 그를 발견하고, 깨우지도 못한 채 잠시 주변을 서성였다. 간호사가 다가와 "이은호 님, 이은호 님" 하며 어깨를 톡톡 내리쳤다. 그는 살며시 눈을 뜨고, 두리번거리며 내게 눈길을 주었다. 간호사의 질문에 대답하는 그의 표정을 살폈다. 그의 눈빛에서, 나를 찾아낸 그가 전하는 말이 들리는 듯했다.

'민아야, 나 괜찮아. 너무 걱정하지 마. 진짜 괜찮아.'

덕분에 나는 깊은 안도의 한숨을 내쉬었다.

"보호자 분, 옆에서 식사 챙겨주세요."

"네? 벌써 식사할 수 있어요?"

"네, 가능합니다. 아침 식사하시고 이제 일반 병실로 옮기실 거예요."

그의 옆에서 죽을 먹여주고 있을 때, 담당 교수님이 그를 찾아왔다.

"이은호 님, 괜찮으세요?"

"네, 괜찮습니다."

"지금 식사하시고 괜찮으시면 일반 병실로 옮기면 되겠네요."

'아니, 이렇게 빨리?'라는 생각에 나는 "교수님, 이렇게 빨리 옮기나요?"라고 되물었다.

"그럼요. 식사할 수 있으시면 중환자실에 계실 이유가 없어요. 일반 병실 가서 회복하시면 돼요."

그에게 부모님이 밖에서 기다리고 있다는 이야기를 전하고, 이따가 다시 만나자고 말하며 중환자실을 나섰다. 나오는 길, 우물쭈물하는 나를 도와주던 간호사에게 감사하다는 인사를 전했다.

"어머, 근데 두 분 무슨 관계예요?"

"부부예요."

간호사들이 삼삼오오 모여들었다.

"진짜요? 결혼 엄청 빨리 하셨네요. 두 분 너무 예뻐요! 꼭 다 나으실 거예요. 너무 걱정하지 마세요."

그들은 한마디씩 덧붙여, 따뜻한 말들을 전해주었다.

"감사합니다."

오랜만에 웃는 내 얼굴이 병실의 출입문 사이로 비쳤다. 그곳에서 잠시 희망의 빛을 느낄 수 있었다. 그간의 긴장이 서서히 잦아드는 듯, 마음속에 피어오르는 작은 기쁨을 온몸으로 느꼈다. 일반 병실로 온 그를 시부모님께서 맞아주셨다. 수술 부작용으로 하반신 마비가 올 수 있다는 이야기를 전해 들은 시아버지는 그의 다리가 무사한지 가장 먼저 확인하셨다. 발바닥을 긁어댔고 그는 움찔움찔하며 반응했다. 끊임없이 발바닥을 긁자 결국 그는 참다못해 버럭 소리를 질렀다. 시아버지는 깊은 한숨을 내쉬며 "아이고, 다행이다."라고 모두가 들리는 혼잣말을 하셨다. 하지만 일반 병실로 옮겨진 후, 그는 더 힘들어했다. 갈수록 통증이 심해지는 것 같았다. 시부모님은 병동에서 매일 세 번 운동 해야 한다고 안내받았고, 시어머니는 웃으며 말했다.

"우리말은 안 듣는데 민아 말은 잘 들으니, 네가 운동시켜 줘."

그는 힘든 기색을 감추며 병원 복도를 한 발 한 발 걸어 갔다. 우리가 결혼은 언제 했는지, 처음 만났을 때는 어땠는지 등을 이야기하며 자신이 괜찮다는 것을 보이려 애썼다. 그 모습은 자신을 지탱하려는 간절한 노력이었다. 힘든 걸음으로 복도를 나설 때마다, 나는 그가 얼마나 큰 고통을 참아가며 애쓰고 있는지, 그 속에 숨겨진 절박한 마음을 느낄 수 있었다.

병동에서의 생활이 이틀 정도 지난 무렵, 부종 때문에 수술 후 핀셋으로 응급처방을 받고 나온 곳을 다시 실밥으로 대체하는 시술을 받기로 하였다. 병동을 관리하는 레지던트가 간호사실 옆 응급처치실로 그를 불렀다. 별다른 안내 없이 시술이 시작되었다. 그는 몇 번이고 아프다고 표현했지만, 레지던트는 "원래 아픕니다."라며 무심하게 말을 던졌다. 몇 번의 고통스러운 비명이 지나자, 그는 결국 기절했다. 옆에 서 있던 나는 놀라 그에게 일어나라고 했지만 모두가 시큰둥했다. 그 공간에서 어쩔 줄 몰라 하는 건 오직 나뿐이었다.

시술이 끝난 후, 레지던트는 "꽤 아프셨겠네요."라며 아무렇지도 않게 돌아갔다. 그를 다시 병실에 눕힌 뒤 분

노에 찬 나는 차트를 작성하는 레지던트를 원망스럽게 쳐다보았다. 마음속으로 그가 모든 고통을 어떻게 참고 있는지 떠올렸다. 그가 아파도 아무도 그 아픔을 제대로 이해할 수 없었다. 그저 그가 견뎌야 할 고통일 뿐, 그 아픔에 진심으로 공감하는 사람은 없다는 생각이 들어 가슴이 미어졌다.

꾸준히 몸을 움직여야 회복이 빠르기에 하루 세 번씩 병원 복도를 걷는 것은 아주 중요한 일과 중 하나였다. 하지만 아픈 그는 매번 힘들어할 때가 많았다. 그럴 때마다 레지던트는 어김없이 "보호자가 환자를 통제 못 하면 어떻게 하십니까?"라며 나를 쳐다봤다. 나는 깊은숨을 내쉬며 "어쩔 수가 없잖아요, 이렇게 힘들어하는데."라고 대답했다. 그 후 잠시 정적이 흘렀다. 정말 궁금했지만, 한 번도 물어보지 못했던 질문을 이참에 던졌다.

"정말 궁금해서 여쭤보는데요. 이 병은 대체 왜 걸리는 거에요?"

레지던트는 잠시 생각하더니 무표정하게 대답했다.

"그건 모르죠. 지금 저도 내일 걸릴 수 있고, 그냥 재수 없으면 걸리는 겁니다."

그 모든 글자 하나하나가 내 가슴에 박혔다. 내가 제어할 틈도 없이 눈에 눈물이 가득 차올랐다. 레지던트는 아무 말 없이 나를 지나쳐 남편에게 다가가 "보호자가 힘들어하세요. 운동하셔야 합니다."라고 말하고는 사라졌다.

그 후, 아침을 먹이고 식판을 들고나와 계단에 앉아 울었다. 점심에 약을 챙기고 나서 그가 낮잠을 자면 혼자 밖으로 나와 벤치에 앉아 울었다. 어둑어둑해지는 밤이 오면 하늘을 올려다보며 울었다. 혼자 우는 시간이 점점 늘었다. 그는 하루가 다르게 좋아졌지만, 내 마음은 여전히 공허했다. 일주일을 채우지 않고, 수술 5일 만에 퇴원하게 되었다. 퇴원이 너무 이른 것 같았다. 아직 마음의 준비가 되어 있지 않았기 때문이었다. 하지만 병원에서는 더 이상 해줄 처방이 없다고 했다. 약을 챙기고, 다음 진료를 예약한 뒤 서둘러 퇴원을 준비했다.

그해 5월, 그의 머리에는 수술 자국이 남았고, 나의 마음에는 지울 수 없는 상처가 깊이 새겨졌다. 드디어 정확한 병명을 마주하는 날도 찾아왔다. 조직 검사 결과, 그의 병명은 뇌종양 3등급에 해당하는 역형성 성상세포종이었다. 악성이라는 결과가 불행스러웠다. 마음 한구석, 양성이길 바랐던 기도가 흩어졌다. 그러나 악성 중에서도 '최악은 아니다'라는 설명이 아주 조그마한 숨 쉴 틈을 내주었다. 종양을 모두 절제했다고는 했지만, 보이지 않는 미세한 종양이 남아 있을 가능성을 이야기하며 추가 방사선 치료가 필요하다고 했다. 매일 규칙적인 시간에 받아야 하는 방사선 치료는 집 근처 병원에서 받기로 결정하고 다음 진료일을 예약 후 병원을 나왔다. 하루가 일 년 같은 시간이 흘렀다. 이렇게 긴 시간을 통과해 왔는데도 여전히 5월이라는 사실이 믿기지 않았다.

　모든 풍경은 그대로인데 우리는 전혀 다른 방향으로 걷고 있었다.

조용히 자라나는 것들

수술이 끝나고 한 달도 채 지나지 않았는데, 그의 머리 위로 잔디처럼 짧고 뾰족뾰족한 머리카락들이 고개를 들기 시작했다. 마치 아무 일도 없다는 듯, 조용히 자리를 틀며 자라나는 머리카락이 어쩐지 대견해 보이기도 했다. 묵묵히 제 몫을 다하는 그 머리카락들이 살아 있다는 걸 말해주는 것 같았다.

하지만 곧 방사선 치료가 시작될 예정이었다.

"같은 자리에 정확히 표적을 맞추려면 머리카락이 없는 게 좋거든요."

의사는 담담하게 설명했다. 모두가 둘러앉은 그곳 상담실에서 다시 한번 의지를 다잡았다. 하지만 어느 곳을 둘러봐도 그가 제일 젊었고 머리에 방사선 치료를 받는 환자도 그뿐이었다. 의사는 치료 부위에 당분간 머리카락이 자라지 않을 수도 있으며 치료가 끝나고 머리가 다시 자랄 때는 아무래도 머리카락이 얇아질 수도 있다는 사실도 덧붙였다. 그 말을 들은 그는 치료가 끝날 때까지 민머리를 유지하는 게 좋을 것 같다고 했다. 그러면서 더 이상 미용실에는 가고 싶지 않다고도 했다. 수술 전의 그는 딱히 다른 사람의 시선을 신경 쓰는 사람이 아니었다. 그런 그가 변했다.

"사람들이 날 보면 다 아는 것 같아. 병 걸린 사람처럼 보이는 게 너무 싫어."

머리 옆으로 깊게 그어진 수술 자국. 그 상처를 누군가 볼까봐 두려워했고, 그 눈빛에 다시 자신이 비칠까 그는 더 두려워했다. 새로운 모자를 몇 개나 더 구입했고, 모자를 쓴 채로 거울로 보고 또 보며 혹시 보일 틈은 없는지 확인하고 또 확인했다.

그래서 내가 그의 미용사가 되기로 했다. 큰 비닐에 머리 하나 들어갈 만한 구멍을 조심스레 뚫고 어깨 위로 비닐을 푹 씌웠다. 바닥엔 신문지를 여러 겹 겹쳐서 깔았다. 마치 무언가를 준비하는 의식처럼 아주 조심스럽고 느릿

느릿하게 움직였다.

위잉.

낯선 기계음이 거실 가득 퍼졌다.

"에이 뭐 이 정도야. 그냥 밀면 되는 거 아니야?"

말은 대수롭지 않게 했지만, 손끝이 자꾸 떨렸다. 어디서부터 어떻게 시작해야 할지 몰라 한참을 그의 머리 위에서 망설였다. 혹시 상처라도 낼까 봐. 아프게 할까 봐. 마음의 흉터까지 건드릴까 봐. 그는 알 수 없는 표정으로 말했다.

"그냥 해, 괜찮아."

정말 괜찮아서인지 나를 안심시키기 위한 것인지 알 수 없었다. 조심스럽게 면도기를 머리카락 위로 가져다 댔다. 짧고 굵은 머리카락들이 바닥으로 툭 툭 떨어졌다. 그 조용한 낙하음이 왜 그렇게 크게 들렸을까. 하나하나 떨어지는 그 소리가 가슴을 철렁이게 했다.

그렇게 우리는 매주 일요일 오후 거실 한가운데 작은 이발소를 열었다. 일주일에 한 번, 바닥에 신문지를 깔고 비닐을 머리 위로 씌우고 나는 전기면도기를 손에 쥐었다. 그는 늘 바닥에 가만히 앉아 있었고 나는 그의 뒤에서 잔디 같은 머리카락을 조심스럽게 밀어냈다. 어느새 그 순간들이 우리에게 아주 평범한 일상이 되었다. 숨죽였던 첫날의 떨림은 사라지고 우리는 면도기 소리 위로 이런저런 이야기를 나누기도 했다.

"요즘엔 그 드라마가 좀 재밌더라?"

"오빠 머리숱 장난 아닌 거 알지? 한 구멍에 막 네 개다섯 개씩 올라와."

이런 농담에 깔깔 웃기도 하고 때로는 아무 말 없이 TV만 틀어둔 채 서로의 존재만으로도 괜찮은 시간을 견디기도 했다.

머리카락을 밀어내는 시간이 쌓여 갈수록 방사선 치료의 시간도 조금씩 줄어들고 있었다. 모든 게 낯설고 두려웠던 시기가 아주 천천히 지나는 중이었다. 위잉 울리는 면도기 소음처럼 병원의 낯선 기계 소리와 특유의 냄새, 진료 절차 같은 것들이 우리의 일상에 불쑥 들어와 버렸지만, 우리는 그것마저도 익숙하게 만들어갔다. 머리카락 하나하나가 떨어질 때마다 그 낙하의 소음에 가슴이 철렁이는 것처럼 치료를 받는 하루하루 아주 작은 것도 서로에게 상처가 되지 않도록 우리는 조심했다.

내가 일주일에 한 번 전기면도기를 손에 쥐는 것처럼, 그는 매일 마스크를 쓰고 진료카드를 내밀며 병원을 오갔다. 우리가 함께 보낸 많은 순간이 처음의 낯섦을 벗어나 익숙함으로 가고 있었다. 두려움도 작은 웃음으로 변하고 있었다. 그리고 마침내, 마지막 치료일이 다가왔다. 조용히 시작된 그 싸움이 조용히 끝나고 있었다. 하루도 빠짐없이 정해진 시간에 불만도 없이 병원에 다닌 것에 누군가 박수를 쳐 주는 건 아니었지만, 우리에게는 의미 있는 날이었다. 그날 그의 머리를 다시 한번 정성스레 밀어주었다. 그리고 수술 자국을 매만지며 잘 견뎌내 줘서 고맙다고 마음 깊이 인사했다. 머리를 감고 나오는 그와 마주 앉아 여기까지 함께 걸어온 우리를 향해 서로를 두 손 가득 온 마음으로 꽉 껴안았다.

강해진 우리

병원에서의 긴 여정이 끝나고 우리는 다시 일상으로 돌아왔다. 남편의 수술이 성공적으로 끝난 후로는 아무 일도 없었던 것처럼 평범한 일상으로 돌아가려고 애썼다.

매일 아침, 알람 소리에 눈을 뜨며 남편의 건강을 확인하는 것이 나의 새로운 습관이 되었다. 그는 여전히 옆에서 평온하게 잠들어 있었다. 부드럽게 그의 머리를 쓰다듬으며, 모든 것이 괜찮아졌다는 사실에 감사했다. 주말 아침, 우리는 평소처럼 자주 가던 바다 앞 카페에서 커피를 마시며 일주일간의 일정을 나눴다. 남편은 여전히 유쾌한 모습 그대로였고, 나는 그를 바라보며 미소 지었다.

'우린 정말 아무 일도 없었던 것처럼 살고 있네.'

하지만 기억은 여전히 생생했다. 밤이 깊어지면, 가끔 떠오르는 불안한 기억들이 나를 사로잡았다. 그럴 때면 나는 남편의 손을 꼭 잡았다. 그는 나를 바라보며 따뜻하게 미소 지으며 말했다.

"괜찮아. 나도 그래. 근데 이제 아무렇지 않잖아. 그럼 된 거지."

그 말이 내 마음을 조금 더 놓이게 했다. 아무 일도 없었던 것처럼, 우리는 여전히 서로의 손을 붙잡고 그 기억을 견뎌냈다.

그 사이, 내가 이직하게 되어 일주일의 여유가 생겼다. 우리는 둘만의 시간을 보내기로 했다. 제주도로 첫 여행을 떠나게 된 것이다. 작년에는 상상도 못 했을 일이었다. 여행을 떠나기 전부터 그는 나보다 더 들떠 있었다. 처음으로 커플 옷을 사기 위해 상점을 돌아다니고, 매일 어디를 갈지 계획을 짜는 것만으로도 즐거운 나날들이었다. 집에서 TV를 보는 시간이 많아지면서 일상과 여행을 담은 프로그램도 많이 보게 되었다. 마라도에 꼭 가고 싶다며 3박 4일 여행 일정과 맛집을 빼곡히 정했다.

사월의 제주는 다른 세상 같았다. 하늘은 끝없이 맑았고, 바다는 투명한 빛을 반사하며 어디에서든 우리를 환영해 주는 것 같았다. 가벼운 봄바람에 실린 제주 특유의 향긋한 공기가 두 뺨을 스치면 모든 걱정이 한순간에 사라지는 듯했다. 이틀은 아늑한 게스트하우스에서, 하루는 고급스러운 호텔에서 묵으며 제주 곳곳을 돌아보는 알찬 계획을 짰다. 그는 어린 시절 이후 처음으로 제주를 찾았고, 나는 결혼 전 혼자 여행했던 기억을 떠올리며 설렜다. 함께라서 좋았지만, 그가 아픈 후 처음으로 떠나는 여행이라 그런지 조금은 낯설기도 했다.

남편은 평소 스릴을 즐기는 편이었다. 오랜 치료로 몸을 많이 움직이지 못해 답답했던지, 카트 타기 체험장에서 몇 번이고 반복하며 마치 아이처럼 환하게 웃었다. 나도 그의 웃음소리에 덩달아 신이 났다. 그 순간만큼은 우리에게 다시 찾아온 행복 앞에서 한껏 들떠있었다. 사려니숲길에 들어서자 향긋한 나무 냄새와 싱그러운 풀 내음이 온몸을 감쌌다. 그와 손을 잡고 천천히 걸으며 깊고 맑은 공기를 가득 들이마셨다. 걷는 내내 나뭇잎 사이로 스며드는 햇살이 반짝였고, 그가 내 손을 꼭 잡은 온기가 전해졌다. 길 끝에 다다랐을 때, 우리는 오랜만에 진심으로 평온한 행복을 느낄 수 있었다.

유명한 카페에 들러 따뜻한 커피와 달콤한 디저트를

나눠 먹으며 창밖으로 펼쳐진 드넓은 바다를 감상했다. 해안도로를 따라 드라이브할 때는 차창 너머로 반짝이는 윤슬이 눈부셨다. 그는 창문을 살짝 내리고 불어오는 바람을 즐겼고, 나는 그런 그의 모습을 사진으로 담았다. 목적지 없이 길을 달리다 우연히 만발한 유채꽃밭을 발견한 순간, 우리는 자연의 선물 앞에서 한참 동안 말을 잇지 못했다. 노란 물결 속에서 서로를 바라보며 사진을 찍었고, 그 순간마저 그림처럼 아름다웠다. 줄이 긴 맛집에서도 신기하게 기다림 없이 자리를 잡았고, 주차장이 꽉 찬 곳에서도 꼭 한 자리만큼은 우리를 기다리고 있었다. 마라도로 향하는 배에서는 멀미를 걱정했지만, 잔잔한 물결 덕분인지 아무런 불편함 없이 푸른 바다를 만끽할 수 있었다. 그의 눈이 반짝이며 "여기 와서 정말 다행이야." 라고 말하던 모습이 아직도 생생하다.

작은 해프닝도 있었다. 각기 다른 숙소에 이틀 연속 옷을 두고 나온 나는 그의 핀잔을 들었다. 한 번은 우리가 숙소로 다시 돌아가야 했고, 또 한 번은 숙소 측에서 옷을 택배로 보내주겠다는 연락을 받고 나서야 안도했다. "도대체 어떻게 이렇게 덜렁대는 거야? 여보는 내가 없으면 어쩌려고 정말? 아휴." 하며 잔소리하면서도 그는 끝내 웃음을 터뜨렸다. 그럴 때마다 나는 그가 곁에 있다는 것이 얼마나 다행인지 새삼 깨달았다.

제주의 풍경, 음식, 그리고 그곳에서의 크고 작은 경험들이 우리에게 새로운 활력을 불어넣어 주었다. 해변을 걸으면서 둘만의 조용한 시간을 보내고, 마주 앉아 서로의 얼굴을 바라보며 웃는 시간 속에서 우리는 조금씩, 아주 천천히 서로에게 물들어 갔다. 제주의 이야기는 여행에서 돌아온 뒤에도 한동안 끊임없이 우리의 대화 속에 머물렀다. "그때 참 좋았지."라는 말과 함께 그리운 미소를 짓는 일이 잦아졌다. 좋았던 기억을 하나씩 꺼내볼수록 그 여행은 우리에게 더없이 소중한 추억으로 남았다.

여행에서 돌아온 뒤, 우리는 우리가 이전보다 더 강해졌음을 느꼈다. 평범한 일상에서도 서로에게 의지하고 더 많은 추억을 만들어갈 준비가 되어 있었다. 밤이 되면 여전히 불안한 기억들이 떠오르지만, 이제는 그것을 이겨낼 힘을 가지고 있었다. 아무 일도 없었던 것처럼, 그러나 강해진 우리가 되어 평범한 일상을 소중히 여기며 살아가기로 다짐했다. 다른 부부들은 알 수 없을지도 모른다. 우리가 서로에게 느끼는 단단한 감정, 그것이 우리를 감싸고 있다는 것을. 그 단단함은 어느 순간부터 우리를 지탱해 주고 있었고, 그 덕분에 매일 더욱 가치 있게 살아가고 있었다.

나는 새로운 직장에서, 그는 새로운 부서에서 다시 일상을 시작했다. 처음 듣는 이름으로 불리는 낯선 환경, 어디에 무엇이 있는지도 모르는 사무실, 아무도 내 마음을 알지 못하는 공간에서 긴장으로 하루하루를 채워갔다. 그 역시 새로 배정된 부서에서 매일 아침 회의 시간에 긴장한 얼굴에 앉아 있었다. 늘 하던 일이지만 낯선 사람들과 낯선 방식으로 다시 해내야 하는 일이었다. 퇴근 후 만나면 우리는 각자의 자리에서 겪은 사소한 에피소드를 꺼내기 바빴다.

"오늘은 알려주지도 않고 서류를 찾아오라고 하길래 진짜 한참 헤맸잖아."

"근데 여기는 점심시간이 엄청 빨라서 그건 좋더라."

어쩌면 평범하기 짝이 없는 이야기들. 하지만 그 평범함이야말로 돌아오고 싶었던 삶의 한 조각이라는 것을 우리는 알고 있었다. 아직은 서로에게 그리고 우리 자신에게 말로 다 전하지 못한 불안도 있었지만, 각자의 자리를 지켜내며 그 불안을 이겨내는 중이었다. 힘들지 않은 날은 없었지만 그렇다고 힘들기만 한 날도 없었다. 나에게는 그가 보내는 응원이, 그에게는 내가 보내는 응원이 서로에게 닿고 있다는 걸 우리는 누구보다 잘 알고 있었다. 다시 아무 일도 없었던 듯 평온한 일상에서 우리는 그 누구보다 단단하게 서로를 믿고 있었다.

봄이다, 살아보자

영화를 좋아하는 그는 주말 영화관 데이트를 손꼽아 기다렸다. 오랜만의 나들이라 그런지 둘 다 들떠있었다. 영화 시간을 기다리며 백화점 구석구석을 구경하고, 편의점에서 음료를 사서 마시며 소소한 이야기를 나눴다. 햇살이 뜨겁게 비추는 여름의 시작이었다. 그런데 이상하게도 점심을 먹은 후부터 속이 울렁거리고 머리가 어지러웠다. 구토가 나올 것 같으면서도 아닌 것 같은 묘한 불쾌감이 계속되었다. 그는 내 안색이 안 좋아 보였는지 바로 예매해 둔 영화를 취소하자고 했다.

"괜찮아. 잠깐만 앉아 있으면 나아질 거야."

웃으며 넘겼지만, 그는 여전히 걱정스러운 표정으로

바라보았다. 결국 그는 내 손을 잡아 약국으로 끌고 갔다. 약국에서 증상을 설명하자 약사는 약장을 뒤지다 돌아서 물었다.

"근데 혹시 임신은 아니시죠?"

"아니에요!"

너무 단호하게 대답해 버린 나와는 달리, 옆에 있던 그가 고개를 갸우뚱하며 내 얼굴을 살폈다.

"어? 혹시…?"

"아니라니까!"

단칼에 잘라 말했지만, 그의 반응이 마음 한구석에 작은 파문을 일으켰다.

약사는 약을 건네며 덧붙였다.

"임산부도 먹어도 되는 약이지만, 혹시 모르니 검사 한 번 해보세요."

'그럴 리가 없지.' 생각하면서도, 설마 하는 마음으로 임신 테스트기를 같이 샀다. 약을 삼킨 후에도 증상이 쉽게 나아지지 않았고, 결국 영화를 보는 내내 불편한 상태가 계속되었다. 예고편이 흐르고 영화가 시작되었지만, 머릿속은 온통 약사의 말과 그의 반응으로 가득 찼다.

저녁은 거르고 집으로 돌아왔다. 집에 도착하자마자

몸이 무거웠다. 침대에 눕자 금세 잠이 들었다. 눈을 떴을 때는 이미 아침이었고, 그는 출근한 뒤였다. 테이블 위에 남겨진 메모에 적힌 메시지가 눈에 들어왔다.

"아직도 몸이 안 좋으면 병원에 먼저 갔다가 출근해."

메모의 글씨에서 느껴지는 그의 다정함이 마음을 찌릿하게 했다. 씻고 약을 먹으려 주방으로 약 봉투를 찾으러 가던 중, 약사의 말이 머릿속을 스쳐 지나갔다.

"임신은 아니시죠?"

분명 아니라고 생각했지만, 뭔가 찜찜한 기분이 떠나지 않았다. 약을 먹기 전에 확실히 하는 게 좋겠다는 생각이 들었다. 서랍에 넣어둔 임신 테스트기를 꺼내 들고 화장실로 들어갔다.

출근 준비를 마친 뒤, 조심스럽게 임신 테스트기를 확인했다. 두 줄. 선명하고 흔들림 없는 결과였다. 한동안 손에 든 테스트기를 내려놓지도 못하고 멍하니 서 있었다. 기쁨과 당혹감이 뒤섞인 감정이 한꺼번에 몰려와 어쩔 바를 몰랐다. 휴대전화로 사진을 찍어 이미 출근한 그에게 전송했다. 잠시 뒤, 그의 메시지가 도착했다.

"당장 병원 가자."

신혼부부라는 사실을 그의 병원에서도 알고 있었다.

복직을 논의할 때도, 아이를 계획할 때도 의료진에게 늘 임신이 가능한지, 문제가 없는지 조심스럽게 확인했다. 우리는 의사의 말을 믿고 아이를 갖기로 했지만, 아직은 이직한 지 얼마 되지 않아 조금 더 여유를 가지려고 했었다. 그런데 기쁨이 예상보다 빠르게 찾아온 것이다. 그는 더 이상 기다릴 수 없다며 서둘렀다.

"주말에 가도 늦지 않아."

내 말이 끝나기도 전에 그는 팀장님께 한 시간 일찍 퇴근하겠다는 허락을 받았고, 소아청소년과에 근무 중인 작은 누나에게 산부인과를 알아봐 달라며 연락을 취하고 있었다. 그의 열정에 못 이겨 나도 급히 업무를 마무리하고 병원을 이유로 조퇴했다.

산부인과에 도착했을 때, 담당 의사는 차분하게 설명했다. 지금 확인할 수 있는 것은 혈액검사뿐이며, 정확한 확인은 5주 차가 넘어야 가능하다는 것이었다. 아기집이 확인될 수 있는 시점을 기준으로 다음 예약을 잡았다. 병원을 나서며 그에게 말했다.

"아직 확실하지 않으니까, 성급하게 이야기하지 말자."

그는 대답 대신 미소를 지었고, 손을 꼭 잡았다. 그 순간만큼은 말로 하지 않아도, 그의 마음이 고스란히 전해졌다. 5주 차가 되던 날에 우리는 다시 병원을 찾았다. 초음파 모니터에 처음 보이는 아주 작은 점. 그것이 아기집이었다. 의사는 확대된 화면을 가리키며 설명했지만, 잘 들리지 않았다. 화면 속 작은 생명이 믿기지 않았고, 그저 눈물이 차올랐다. 그는 초음파 사진을 받아 들고 한동안 말을 잇지 못했다. 나를 끌어안으며 떨리는 목소리로 말했다.

"고마워."

초음파 사진은 곧 가족들에게 전송되었다. 사진 속의 작은 점을 가리키며 우리 아이가 생겼다고 알리는 그의 얼굴엔 환희가 가득했다. 하지만 설렘과 함께 찾아온 건 지독한 입덧이었다. 구토가 나올 것 같기도 하고, 또 아닌 것 같기도 했던 그 기분은 곧 현실이 되었다. 입덧은 나의 일상을 송두리째 바꿨다. 물 한 모금도 제대로 삼키지 못해 이온 음료로 겨우 버텼고, 밥 냄새조차 견딜 수 없어 주방에 들어가는 일은 아예 포기해야 했다. 하루 종일 아무것도 먹지 않아도 끊임없이 구토가 이어졌다. 결국 속에서 올라올 것이 아무것도 없을 때까지 변기에 얼굴을 묻는 일이 일상이 되었다. 이십 주가 넘어서야 입덧이 서서히 잦아들기 시작했다. 조금씩 음식을 삼킬 수 있게 되었고, 동시에 배도 불러왔다. 입덧의 고통이 사라질 무렵, 새로운 기쁨이 찾아왔다. 바로 태동이었다. 아이가 나의 배 속에서 작은 움직임으로 존재를 알리기 시작한 것이다.

태동이 시작되자 그는 하루도 빠짐없이 밤마다 나의 배에 손을 올렸다.

"시유야, 아빠야. 오늘 읽어줄 동화책 제목은…"

그의 목소리는 나직하고 따뜻했다. 동화책 한 페이지 한 페이지를 읽어 내려가며 그는 아이와 대화하듯 이야기했다. 아이는 그의 목소리에 응답하듯 배 속에서 활발하게 움직였다. 그 순간마다 내 입가에는 미소가 번졌다. 그는 임신 기간 내내 누구보다 열정적인 아빠였다. 병원 방문 때마다 빠지지 않고 함께했고, 초음파로 아이의 모습을 볼 때면 마치 처음 보는 것처럼 설레는 얼굴이었다. 아이에게 좋다는 태교법은 뭐든 찾아보고 실천했다. 동화책 읽기뿐 아니라 음악을 들려주고 산책하러 나가기도 했다. 뱃속에 있을 때부터 이토록 유난스러우니 아이가 태어난 후 그의 모습은 보지 않아도 눈에 선했다.

출산일이 다가올수록 고민도 점점 커졌다. 가장 큰 걱정은 양육 문제였다. 나는 새로운 직장에서 이제 막 자리를 잡아가고 있었다. 뿌리를 더 깊이 내리고 싶었다. 하지만 이직과 거의 동시에 찾아온 임신으로 인해 출산휴가는 고작 3개월밖에 허락되지 않았다. 나는 그에게 육아휴직을 제안했다.

"내가 출산 후 다시 복직하려면 당신이 잠시 쉬어주는 게 가장 좋을 것 같아."

그는 잠시 침묵하더니 고개를 저었다.

"이미 병가를 1년 넘게 썼잖아. 승진도 늦어졌고, 지금은 내가 집안의 기둥 역할을 해야 할 때야."

그의 말에 더는 아무것도 덧붙일 수 없었다. 일을 포기한다는 것이 너무 아쉬웠다. 이렇게 그만두려고 그동안 열심히 일하고 이직한 건 아닌데… 지나온, 그리고 앞으로 다가올 나의 회사 생활을 쉽게 놓을 수가 없었다. 그러나 100일도 채 안 된 아이를 맡길 곳은 더더욱 없는 상황이었다. 매일의 고민 끝에 결국 출산휴가 마지막 날을 퇴사일로 정하고, 출산 직전에 직장을 그만두게 되었다. 모든 것이 아쉽고 혼란스러웠지만, 그 모든 생각은 점점 다가오는 출산일과 함께 뒤로 밀렸다.

출산 예정일이 다가와도 별다른 징후는 없었다. 매일 긴장하며 몸의 변화를 느끼려 했지만, 조용한 하루가 이어졌다. 우리는 가까운 절로 산책하러 나갔다. 가지마다 매화가 피어 있었다. 붉은 매화꽃 아래에서 나는 두 손을 모아 빌었다.

'아이가 건강하게 태어나길, 좋은 엄마가 될 수 있길.'

그는 내 옆에서 작은 미소를 지으며 말했다.

"매화가 이렇게 예쁘게 핀 걸 보니, 우리 시유도 곧 나올 것 같은데, 우리 닮아서 엄청 이쁘겠지? 나 진짜 좋은 아빠가 되고 싶어."

그 평화로운 하루가 지나고, 지난 그날 밤에 깊어지던 새벽에, 배에 묵직한 통증이 찾아왔다. 처음에는 잠시 지나가는 불편함인 줄 알았지만, 이내 강도가 점점 세지며 일정한 간격으로 찾아왔다. 진통이었다. 새벽 내내 통증과 싸우며 꼬박 밤을 지새우고, 아침 여덟 시가 넘어서야 병원으로 향했다. 총 일곱 시간 넘게 이어진 진통은 마치 끝없는 터널 같았다. 병실은 내 땀과 눈물, 그리고 불안과 희미한 기대감이 뒤섞여 묘한 공기로 가득했다. 그러나 모든 것이 순조롭지는 않았다. 의사가 태위 이상을 발견하며 전한 소식은 긴박했다.

"아이의 얼굴이 하늘을 보고 있어요. 이미 태변을 본 상태이기도 하고 진통도 너무 오랜 시간 하고 있어서 시간이 더 지체되면 아이도 산모도 위험할 수 있어요."

자연분만을 꿈꾸며 준비했던 마음은 찰나에 산산조각이 났다. 의사는 긴급 제왕절개를 권했고, 선택의 여지가 없었다. 모든 것이 눈 깜짝할 사이에 결정되고 진행되었다. 나는 어리둥절한 상태로 수술실로 이동했다. 하얀 천장과 쏟아지는 의료진의 말들 속에서 마치 꿈속을 걷는 기분이었다. 수술실의 차가운 조명 아래에서 마지막으로 떠올린 것은 전날 산책길에서 마주했던 붉은 매화꽃과 함께 간절히 빌었던 기도였다.

'우리 아이가 건강하게 태어나길.'

그리고 문득, 모든 것이 고요해졌다.

눈을 뜬 곳은 회복실이었다. 침대는 차가웠고, 몸은 마치 낯선 무게를 짊어진 듯 무거웠다. 어지럽고 희미한 정신에서 가장 먼저 나온 질문은 이것이었다.

"아이는 괜찮은가요?"

"네, 모두 좋아요~ 건강하고 예쁜 딸이 태어났어요. 축하드립니다."

그 순간 내 모든 불안과 두려움이 잊혔다. 손안에 안겨 있는 작은 생명은 따뜻했고, 믿을 수 없을 만큼 작고 완벽했다. 세상의 모든 기적을 한순간에 마주한 기분이었다.

새로움이 시작되는 봄날이었다. 매화꽃이 만개하고 따스한 햇살이 온 세상을 감싸안는 그날, 우리에게 천사가 찾아왔다. 아이의 첫 울음소리는 모든 두려움과 고통을 덮어버리는 가장 강렬한 음악처럼 들렸다. 내 삶은 그 순간 완전히 또 다른 길로 접어들었다.

변화의 순간

출산 예정일을 며칠 앞두고 남편과 함께 병원에 다녀왔
다. 삼 개월에 한 번이었던 추적 검사는 이제 육 개월에
한 번으로 간격이 늘었다. 희망적인 변화였다. 전날 피검
사를 하고 이른 아침 첫 타임 진료를 예약했다. 아침 기온
은 뼛속까지 스며들 듯 매서웠지만 맞잡은 손에서 전해
지는 온기 덕에 추위가 덜 느껴졌다. 몇 가지 검사를 마
친 뒤 호텔에 들러 잠시 눈을 붙였다. 병원이라는 공간은
이상하게 사람을 축 처지게 만든다. 저녁이 되어서야 명
동으로 나가 찾아둔 맛집에서 갈비찜과 냉면으로 허기진
배를 채우고 반짝이는 서울의 불빛을 따라 천천히 걸었
다. 이상하게도 마음이 편안한 날이었다.

만삭의 배는 길게 내려온 패딩 속에 가려져 있었고, 병원 안의 누구도 나에게 "언제 출산 예정이세요?"라고 묻지 않았다. 짧은 대기 후 제일 처음 이름이 불렸다.

"지난 진료에 좀 이상한 모양이 발견되었는데 추적이 더 필요한 것 같아 따로 말씀드리진 않았어요. 그런데 이번에 보니 아무래도 재발의 우려가 커 보이네요. 수술보다는 항암을 시작하는 게 좋을 것 같습니다."

"네? 그게 무슨 말씀이세요? 그런 모양이 새로 생긴 거면 그때 미리 말씀이라도 주시지… 이렇게 갑자기…"

"그때는 저희도 확정을 지을 수 없는 부분이어서 좀 더 지켜보는 게 좋다고 다들 판단했고, 이번 검사에서는 항암제 투여에 모든 교수님이 동의 하셨어요. 항암제는 그렇게 힘들지 않을 거예요. 나가시면 간호사분이 자세히 알려주실 겁니다."

우리 서로를 번갈아 바라봤다. 그는 입술을 꾹 다물었고 나는 무언가 말해야 할 것 같지만 목이 바싹 타올라 아무 말도 나오지 않았다. 진료실은 그저 조용했고 우리 둘 사이의 공기만 묵직하게 흔들렸다. 집으로 돌아오는 KTX 안에서도 우리는 침묵했다.

이제 좋은 일만 남았다고 믿었는데, 그 믿음이 산산이

부서진 날이었다. 며칠을 울고 원망했다. 그런데 정작 원망할 대상은 없었다. 그저 억울하고 속상하고 무서웠다. 그렇다고 계속 울고만 있을 수는 없었다. 뱃속에 아이는 여전히 힘차게 태동하며 "나는 여기 있어."라고 말하고 있었다. 그는 아이의 출생신고와 함께 육아휴직을 신청하기로 했다. 팀 내 첫 육아휴직자. 겉으로는 '아이와 함께 있고 싶어서'라고 말했지만 우리는 알고 있었다. 치료와 회복, 그리고 곧 태어날 아이. 그 모든 시간을 나란히 걸어가야 했기 때문이라는 것을. 그리고 그것이 최선의 선택이라는 것을.

아이의 처음을 온전히 함께 보낼 기회가 생겼다고 생각할 수도 있었다. 하지만 그 기회는 너무나 복잡하고 모순적인 감정을 동반했다. 어렵게 내린 결정이었지만 받아들이며 곧 만나게 될 아이를 위한 시간에 정성을 쏟아내기로 했다.

아이의 옷을 며칠에 걸쳐 세탁했다. 부드러운 아기 섬유유연제 향이 빨래건조대를 넘어 방 안 가득 번졌다. 작은 손과 발이 입을 옷을 하나하나 널며 조심스럽게 손끝으로 다림질하듯 펼쳤다.

'이렇게 작은 옷이 들어간다고?'

'이렇게 작은 생명을 우리가 지켜낼 수 있을까?'

아이 옷장을 정리하며 달력을 바라봤다. 아이의 출산 예정일이 동그랗게 표시되어 있고 그 아래엔 새로 적어 둔 그의 항암 시작일이 보일 듯 말 듯 그려져 있었다. 아이의 출산 예정일과 그의 항암 시작 주기가 겹치게 되었다. 그날 처음으로 한 장의 달력에 두 생의 시간을 함께 적었다. 아이의 탄생과 그의 치료가 겹친 그 페이지를 보며 이 삶이 얼마나 기묘하고 얼마나 눈물겹도록 사랑스러운지 알게 되었다. 그제야 우리 세 사람의 시간이 시작되려 하고 있음을 실감했다.

출산 후의 생활은 예상보다 더 바쁘고 치열했다. 항암제를 복용하는 주간에는 그의 몸은 무거워졌고, 피로는 쉽게 가시지 않았다. 하지만 항암제를 먹지 않는 나머지 삼주는 온전히 아이와 함께 보내려 애썼다. 우리는 낮과 밤을 나누어 돌봄을 분담했다. 낮에는 그가 아이를 돌보았고, 밤에는 내가 수유와 잠깐의 휴식을 이어갔다.

그는 조카를 돌봐 본 '경력직'답게 능숙했다. 아이를 달래는 손길은 부드러웠고, 기저귀를 갈거나 목욕시키는 일도 척척 해냈다. 반면 나는 초보였다. 밤마다 두세 시간 간격으로 깨는 생활에 몸이 적응하지 못했고, 떨어져 잘 수도 없는 현실에 점점 초췌해졌다. 아이를 충분한 사랑으로 키우고 있다는 사실은 다행스러웠지만 나 자신은 항상 허기지고 지쳐 있었다.

우리는 늘 함께였다. 가끔 외출하거나 일하러 가고 싶다는 갈망이 밀려왔지만, 집에서 혼자가 아니라는 사실은 큰 위로였다. 우리는 대화하며 아이가 조금씩 변하는 모습을 나누었다. 갓난아기의 몸짓, 웃음, 울음, 그리고 처음으로 고개를 드는 순간까지, 매일이 새로웠다. 비록 그와 내가 함께 있을 수밖에 없는 이유가 다른 부부와는 다른 것이었지만 우리는 함께 아이의 성장에 감격했고, 그 모든 순간을 함께 누릴 수 있었던 것에 감사했다.

아이는 예상보다 잘 먹고 잘 싸고 또 잘 울고 잘 웃었다. 신기하게도 그의 휘파람 소리를 유난히 좋아했다. 욕조 가득 물을 담아 목에 튜브를 착용한 뒤 살며시 물 위로 내려놓으면 울음소리도 금세 그치고 힘껏 발로 차며 물속을 종횡무진 헤엄쳤다. 그렇게 물속에서 노는 아이에게 그는 휘파람으로 노래를 불러주었다. 아이는 그 소리에 더 신이 나서 신나게 움직였고 어느 날은 삼십분 넘게 욕실에서 나오지 않을 만큼 둘은 물속에서 시간 가는 줄 몰랐다. 그런 모습을 영상으로 찍어 양쪽 어른들에게 전송하면 온 집안에 근심은 온데간데없이 사라지고 웃음이 떠나질 않았다.

아이가 조금씩 자라면서 우리의 하루는 새로운 활기로 가득해졌다. 처음엔 차 안에서만 세상을 바라보던 날들이 이어졌지만, 어느새 창문을 열고 바람을 느끼기 시작했고, 더 나아가 한 발 두 발 밖으로 유모차를 밀며 산책을 즐길 만큼 시간이 흘렀다. 산책의 범위는 점점 넓어졌다. 어떤 날은 집 근처의 작은 골목을 거닐었고, 또 어떤 날은 집에서 이십분 거리의 공원으로 발길을 옮겼다. 그보다 더 멀리, 삼십분 거리의 바닷가로 나가 파도의 속삭임을 들었고, 한 시간 거리의 교외 푸른 초원을 배경으로 사진을 찍었다. 심지어 두 시간 거리의 지역으로 당일치기 여행을 떠나는 일도 잦았다. 우리는 하루를 아낌없이 쓰며 셋이 함께하는 시간을 충만하게 채워갔다.

이제는 시유의 엄마, 아빠라는 말이 어색하지 않을 만큼 아이가 우리 삶 깊숙이 자리하고 있었다. 그의 항암은 예상보다 일찍 끝났고 감사하게도 좋은 결과를 얻었다. 어쩌면 힘들었을 항암 기간에도 그는 늘 지친 기색 없이 시유 앞에서 웃었고, 나에게는 든든했다.

우리는 언제 다시 이런 시간이 찾아올 수 있을지 모른다는 마음으로, 그 소중함을 매일 마음에 새기며 '가족'이라는 이름으로 함께 살아냈다.

그해 우리는

오늘의 편지 ㅣ 기어이 찬란한 오늘을 만드네

아이의 이백일이 가까워질 무렵, 나는 오래 품었던 꿈을 조심스레 꺼내 놓았다. 카페를 열어보고 싶다는 생각이었다. 아이를 돌보는 하루하루 속에서 그 꿈은 어느새 다시 구체적인 모양을 갖추기 시작했다. 집 근처를 중심으로 상가를 찾아보기 시작했고 다행히 가까운 곳으로 꽤 괜찮은 조건의 상가를 발견할 수 있었다. 오픈을 결심하기까지는 그리 오래 걸리지 않았다. 주저하지 않을 수 있었던 건 늘 내 선택을 믿어주는 그가 곁에 있었기 때문이기도 했다. 계약을 마치고 공사는 빠르게 시작되었다. 동시에 나는 이 주간 바리스타 교육을 수료했고 우리는 자연스럽게 각자의 역할을 나누게 되었다.

그는 시유의 하루를 책임졌다. 아이와 함께 보내는 시간을 누구보다 소중하게 여겼기에 어쩌면 당연했다. 아침이면 아이의 눈을 맞추며 인사를 건네고 낮잠이 들 무렵이고 베란다의 햇살을 받으며 아이의 귓가에 노래를 불러주었다. 그의 하루는 시유의 하루와 정확히 겹쳐 있었다. 아이의 일정에 따라 움직이고 아이의 기분에 따라 하루를 조율했다. 이른 아침 출근한 나는 바쁜 점심시간이 지나서야 잠시 집에 들러서 그와 함께 밥을 먹을 수 있었다. 시유가 낮잠을 자는 동안 우리는 점심을 먹으며 잠시 떨어져 있던 오전의 일상을 공유했다.

시유가 일어난 오후엔 셋이 함께 시간을 보냈다. 그는 아이를 안고 매일 다른 길을 걸었고 사진첩에는 그와 시유의 모습으로 하루하루가 빼곡히 채워졌다. 나는 다시 매장으로 돌아가 마감하고 밤늦게 집으로 돌아왔다. 그는 아이를 재운 후 조용히 집안을 정리하고 빨래를 개며 나를 기다렸다. 하루의 끝에서야 우리는 소파에 나란히 앉아 그날 있었던 사소한 이야기를 풀어놓았다. 피곤이 묻어 있었지만, 그 시간이 하루의 유일한 여유였다.

하루하루가 빠듯했고, 매출은 기대만큼 오르지 않았

고, 걱정이 스멀스멀 고개를 들 때면 마음이 조급해졌다. 그럴 때마다 그는 꼭 이런 말을 건넸다.

"아니, 어떻게 하루아침에 잘되겠어? 아직 시작한 지 얼마나 됐다고. 지금은 이래도 나중엔 진짜 잘될 거라니까, 결국엔 대박 날 테니까 미리 걱정 좀 하지 마."

그의 말에는 근거 없는 낙관이 아니라, 함께 버티겠다는 단단한 의지가 담겨 있었다.

우리가 이 일을 시작한 건 단지 꿈을 쫓기 위해서만은 아니었다. 둘 다 수입이 없어져 버린 상황에서 우리의 생계를 책임질 또 다른 길이 필요했다. 카페 운영은 나의 오랜 열망과 우리의 현실이 맞닿은 절박함의 시작이었다. 매일매일 매출표를 들여다보며 한숨을 쉬었고 앞으로 몇 달간의 생활비를 계산하며 밤을 지새우기도 했다. 그래도 언제나 아침은 다시 찾아왔다. 시유의 웃음소리와 그가 보내온 짧은 메시지가 매일의 시작을 가능하게 해주었다. 그렇게 아주 소소했던 매출이 조금씩 아주 미세하게 상승 곡선으로 이어져 손익분기점을 넘기고 매장이 자리를 잡기 시작했다. 드디어 나에게도 조금씩 몸과 마음의 여유가 생겼다.

그렇게 숨 가쁘게 달려온 날들이 어느덧 계절 하나를 넘기고 또 넘어 아이의 돌이 가까워질 즈음이었다. 매일 반복되는 일상이 조금씩 자리를 잡아가고 몸은 여전히 고단했지만, 마음만큼은 전보다 여유로워진 걸 느꼈다. 서로의 하루를 너무 잘 알기에, 그 수고를 알기에, 말없이도 전해지는 위로가 있었다. 눈에 띄는 성과나 여유는 없었지만 분명 무언가 잘 견디고 있다는 자신감 같은 것이 생기기 시작했다. 우리는 오랜만에 숨을 고를 수 있는 짧은 여행을 계획했다. 제주였다. 우리에게 좋은 기억으로만 가득했던 그곳에 둘이 아닌 셋이 되어가기로 했다.

제주의 차가운 겨울바람 속에서도 우리는 따뜻했다. 동백꽃이 만발한 군락지에서 찍은 가족사진은 그날의 웃음을 고스란히 담고 있었다. 그 사진은 오랫동안 우리 부부의 휴대전화 배경 화면으로 남아 바쁜 하루 속에서도 눈을 마주치게 해주었다. 식당에서 밥을 먹을 때면 나는 아이를 챙겼고, 그는 그런 나를 챙기느라 바빴다. 그렇게 우리는 서로에게 버팀목이 되어갔다. 서툴고 부족했던 시간은 차곡차곡 단단한 기억으로 쌓였고, 우리는 어느새 '가족'이라는 모양으로 더 단단히 묶여 있었다. 아이가 자라나는 만큼 우리도 자라고 있었다.

그해는 우리에게 쉼 없이 밀려드는 도전과 변화를 안겨주었다. 때로는 불안하고 종종 버거웠지만, 그 모든 순간이 서로의 존재를 더욱 깊이 새기게 했다. 둘에서 시작했던 우리가 셋으로 변화하면서도 그건 달라지지 않았다. 어려움 속에서도 우리는 함께 웃고, 함께 울며 하루하루를 살아냈다. 그 모든 순간은 단순한 기억을 넘어 우리 삶의 결을 조금씩 바꾸어 놓았고 우리는 그 안에서 천천히 그러나 분명히 달라지고 있었다.

변화의 물살 속에서 지쳐 있을 때면 서로의 눈빛 하나에 숨을 돌렸고 말없이 맞잡은 손끝에서 위안을 얻었다. 어느덧 우리는 말하지 않아도 알 수 있는 사이가 되어 있었다. 예전처럼 앞으로 좋은 일만 생기리라는 기대는 하지 않았다. 대신, 어떤 어려움이 오더라도 함께라면 견딜 수 있을 거란 믿음이 단단히 자리 잡고 있었다. 그 시간이 우리에게 남긴 것은 단 하나였다. 서로에게 가장 큰 힘이 되어 주는 존재로, 우리는 이미 넘치게 행복했다는 사실이었다.

내 편이
아닌 시간

스며든 공기

오늘의 편지 | 언제쯤 내 삶을 미워하지 않을까?

영원할 줄 알았던 눈빛도

날마다 듣던 목소리도

어느 날 갑자기 더 이상 닿지 않았다.

끝을 알았다면 더 많이 안아줄걸.

좀 더 자주 사랑한다고 말할걸.

받기만 했던 내가 혼자 남아

사랑은 후회가 되었다.

괜찮다는 말 대신

그는 다시 복직했다. 나는 그러지 않았으면 했지만, 그는 결혼 후 내내 제대로 직장을 다니지 못했다는 사실에 자책을 느꼈다. 나에 대한 미안함이었다.

그것도 얼마 가지 못했다. 병원 정기검진으로 그와 누나가 서울대학교 병원에 간 날이었다. 진료 시간이 지났는데도 연락이 오지 않았다. 다른 날 같았으면 진료가 끝나자마자 먼저 전화를 걸어왔을 것이다. 하지만 그날은 오후가 다 되도록 아무리 전화해도 받지 않았다. 한 번, 두 번, 세 번…. 벨 소리가 울릴 때마다 불안은 커졌다. 손끝이 서늘해졌고, 핸드폰을 쥔 손바닥에는 땀이 배어들었다. 마침내, 화면에 문자 한 줄이 떠올랐다.

'집에 도착해서 이야기하자.'

단 한 문장이었다. 그는 아무 말도 하지 않았다. 평소였다면 "늦어서 미안해."라고 말 한마디라도 더 했을 것이다. 무슨 일이 생겼다는 것을 직감했다. 그가 복직하면서 우리의 일상은 규칙적이었다. 나도 오전에는 매장으로 출근하고, 오후에는 친정에 맡겨 두었던 아이를 데리고 집으로 돌아갔다. 저녁이면 셋이 함께 식사했다. 집안에는 그가 아이를 안고 웃는 소리, 나와 시시콜콜한 이야기를 나누는 소리가 가득했다.

그런데 그날은 달랐다. 아이를 데리고 집으로 돌아가는 길, 바람은 찬데 창밖은 잔뜩 흐려 있었다. 차 안에는 아이가 조용히 잠들어 있었고, 나의 시선은 계속 핸드폰 화면 위를 맴돌았다. 혹시나 하는 마음에 계속 전화를 걸어 보았지만, 그의 번호는 여전히 신호만 울릴 뿐이었다. 그는 밤이 되자 아무 말 없이 집으로 돌아왔다. 문을 열고 들어온 그의 눈빛은 무거웠고, 손끝은 축 늘어져 있었다. 아이를 안아 들면서 억지로 미소를 지었지만, 나는 그 미소가 그의 얼굴에 어울리지 않는다는 것을 한눈에 알아차렸다.

"무슨 일이야?"

그는 아무런 대답 없이 아이를 내려놓고 주저앉았다. 침묵이 이어졌다.

"다시 재발이 됐대. 그래서 수술해야 한다고⋯ 오늘 입원에 필요한 검사도 하고 왔어. 수술하고, 엄마 집에서 지내기로 이야기하고 왔어."

그 말이 마치 날카로운 바늘처럼 가슴 깊은 곳에 꽂혔다. 나는 한참 동안 아무 말도 하지 못했다. 마음속에서 수많은 말이 떠올랐지만, 하나도 입 밖으로 나오지 않았다.

"아니, 그게 무슨 말이야?"

침착하려 애썼지만, 목소리가 떨리는 건 도저히 막을 수가 없었다.

"그래, 재발 될 수도 있지. 수술하면 되지. 근데 왜 엄마 집에서 지내겠다고 상의한 건 뭐야? 그걸 지금 나한테 통보하는 거야? 내가 얼마나 많은 생각을 했는지 알아?"

그는 잠시 나를 바라보다 고개를 떨궜다.

"미안해서 그렇지. 결혼해서 지금까지 내가 한 거라곤 아픈 것밖에 없잖아. 이제 장인어른, 장모님께 드릴 말씀이 없다. 뵐 면목도 없고⋯ 그리고 여보 카페도 해야 하고 시유도 봐야 하는데, 나까지 집에 있으면 힘들어서 안 돼. 난 그냥 엄마 집에서 있을게. 여보가 나 보러 오면 되지.

다들 그렇게 상의하고 오는 길이야."

그의 말이 끝나기 무섭게 나의 말이 튀어나왔다.

"나는 이제 당신 일에 어떤 결정권도 없는 거네. 그냥 그렇게 가족들끼리 결정했으니 군말 없이 따르면 된다는 거야? 나한테는 어떤 말도 안 해주고?"

"우리는 여보한테 너무 미안하니까…."

미안하다는 말이 더 큰 화살이 되어 날 찔렀다. 나는 쓴 웃음을 지었다.

"병원에서부터 지금까지 그 모든 게 나에 대한 배려였다고? 나를 진짜 가족으로 생각 안 한 건 아니고?"

그가 당황한 표정으로 나를 바라봤다.

"아니, 왜 말을 그렇게 해? 지금 나도 힘들고, 여보도 힘드니까 엄마 도움을 받자는 건데…."

그의 목소리는 점점 작아졌고, 나는 더 이상 말을 할 수 없었다.

알고 있었다. 그 누구의 잘못도 아니라는 걸, 이것이 최선의 선택이라는 걸. 하지만 머리로 이해하는 것과 마음이 받아들이는 것은 달랐다. 하염없이 흘러내리는 눈물을 감추려 고개를 돌렸다.

"나, 매장 마감해야 해. 좀 나갔다 올게."

집 밖으로 나와 문을 닫으니 참아왔던 눈물이 터져 나왔다. 심장이 터질 듯 두근거렸다. 그와의 대화가 머릿속에서 계속 반복되었다.

매장에 도착하니 부모님이 와 계셨다. 무언가 달라졌음을 눈치채셨다. 나는 겨우 말을 꺼냈다.

"재발이래. 다시 수술해야 한다는데… 근데 나도 잘은 모르겠어."

말이 끝나기 무섭게 눈물이 또다시 흘러내렸다. 눈물은 마를 새가 없었다. 더 깊고 더 진해지기만 할 뿐이었다.

"첫 수술처럼 잘 견뎌낼 거야. 이 서방이 어떤 사람인데. 아무 일 없을 거야. 네가 너무 울면 제일 속상한 건 이 서방일 거야. 그러니까 그만 울고, 응?"

나는 고개를 끄덕였지만, 마음 한구석은 텅 비어 있었다. 아무 일도 없을 거라고, 다시 웃는 날이 올 거라 믿고 싶었다. 그는 다시 휴직했고, 결국 다시 수술대에 올랐다. 당연히 내가 그의 곁에 있어야 한다고 생각했지만, 시댁에서는 자꾸 만류했다.

"매장에 일할 직원도 없고 시유도 있는데, 누나들이랑 우리가 갈 테니 걱정하지 말고 있어. 상황은 자주 보고해 줄게."

같이 가고 싶었다. 그런데 이번에는 그도 나를 말렸다.

"시유 옆에 있어 줘. 내가 잘하고 올게."

그는 담담하게 웃으며 인사했다. 나는 대답 대신 고개를 끄덕였다.

수술 직전, 그와 마지막 통화를 했다. 그는 평소와 다르게 두통을 호소하며 말했다.

"빨리 수술받았으면 좋겠어."

순간 알았다. '나한테 아픔을 숨기고 있었구나. 나는 그의 든든한 나무가 되어 주지 못했구나.' 그의 목소리에 담긴 고통이 내게 밀려들었다.

수술실로 들어갔다는 연락이 오자 나는 가까운 절로 향했다. 그 근처에서 유명하다는 절은 죄다 찾아다니며 기도했다. '제발, 수술 잘되게 해주세요. 이제 더 이상 아프지 않게 해주세요.' 내가 할 수 있는 건 그것뿐이었다. 그런데 예상보다 너무 빨리 끝났다는 연락이 왔다. 예감이 좋지 않았다.

"왜 이렇게 빨리 끝났어요? 혹시 다 제거 못한 건가요? 지금 상태는 어떤가요?"

궁금한 게 많았지만, 내가 원하는 답은 끝내 들을 수 없었다. 내가 왜 같이 가지 않았을까. 후회가 밀려왔다.

첫 수술 때처럼 그는 닷새 만에 퇴원했고, 시댁으로 돌아갔다. 겉보기엔 전과 크게 달라 보이지 않았다. 퇴원 후 돌아오는 길에 그는 나에게 말도 없이 아빠에게 직접 전화를 걸어 "수술 잘하고 왔습니다."라는 인사를 드렸다고 했다. 담담하게 전하는 그의 목소리가 이상하리만치 멀게 느껴졌다.

수술 이후 처음으로 마주 앉았다. 나는 끝내 눈물을 참지 못했다. 왜 이렇게 눈물이 나는지, 그만 멈췄으면 좋겠는데 마음대로 되지 않았다. 속으로 '울지마, 제발 울지 좀 마'라고 몇 번이고 되뇌었지만 이젠 나조차 내 감정을 제어할 수 없는 지경에 이르렀다. 그는 처음 수술 때와는 많이 달라져 있었다. "괜찮아질 거야."라는 말 대신 "이젠 정말 안 아프고 싶다."라고 말했다. 그 순간 무너지는 마음을 숨기려 애썼지만, 눈물이 속도 모르고 자꾸만 흘러내렸다.

"울지마. 매번 이렇게 울 거야? 앞으로 어떤 일이 생길 줄 알고. 이제 마음 굳게 먹어. 자꾸 울지 말고."

그가 단호히 하는 말에 흠칫 놀랐다.

"아니, 나도 안 울고 싶은데 자꾸만 눈물이 나오는 걸… 나도 어쩔 수가 없어."

"그래도 이제 안 울어야지, 매번 이렇게 나 볼 때마다 울 거야?"

"알겠어."

그는 내 손을 가볍게 쥐며 말했다.

"시유 혼자 돌보느라 힘들었지? 앞으로도 더 힘들 텐데… 밥은 잘 챙겨 먹고 있지? 기운 내고, 엄마가 힘이 나야 시유 잘 돌보지."

"오빠도 밥 잘 챙겨 먹고… 우리 그냥 집으로 갈까?"

"무슨 소리야. 난 엄마가 잘 챙겨주니깐 걱정 말고, 여보 힘들게 안 하고 싶으니까 그냥 시간 날 때 시유 데리고 자주 와. 이제 늦었다. 얼른 가보고, 내가 연락 자주 할게. 걱정 좀 그만해. 제발."

그는 끝까지 "괜찮다." 대신 "걱정하지 마."라는 말만 되풀이했다. 돌아오는 차 안에서 곤히 잠든 시유를 보니 마음속 어디에선가 파도처럼 밀려오는 슬픔이 자꾸 나를 덮쳤다. 이제는 정말 돌아갈 수 없는 상황이 된 것만 같았다. 그의 아픔에 아무것도 할 수 없는 현실이 너무나도 분명해지는 그런 하루였다.

기적에서 멀어지다

이번에는 서울에서 방사선 치료와 항암을 병행하기로 했다. 근처 요양병원에서 어머니와 생활하며 2차 치료를 받았다. 나는 매주 서울로 오가며 그와 함께 시간을 보내려 했다. 그는 마지막 희망으로 체질 요법까지 시작했지만, 점차 쇠약해졌다. 혼자 걸을 수는 있었지만, 점점 다리에 힘이 빠지기 시작했고, 언어 기능도 점점 떨어졌다. 그리고 마침내, 우리는 그가 진단받은 이름을 마주했다.

'교모세포종'

그것이 무겁게 우리의 삶에 내려앉았다. 정말 피하고 싶었던 진단명이었다. 남편은 날이 갈수록 병에 갇혔고, 나는 그런 그를 바라보는 일에 갇혀갔다. 모든 치료를 마치고 집으로 돌아온 그는 여전히 시댁에 머물렀고, 아이와 나는 친정으로 갔다. 우리 가족이 함께 지냈던 집은 텅비었고, 그렇게 우리는 이산가족이 되었다.

어느 날부터 그는 하지에 힘이 빠져 결국 혼자서는 움직일 수 없는 상태가 되었다. 너무 빠르게 변해가는 그의 모습에 나는 당황스러웠다. 아무리 서울대학교 병원에 전화를 걸어도 돌아오는 답은 같았다.

"예약된 진료일 외에는 진료가 어렵습니다. 급하시면 응급실로 방문하세요."

절망감을 삼키며 전화를 끊었다. 그의 몸은 점점 더 힘을 잃어갔지만, 그의 눈빛만은 여전히 단단했다. 나를 바라보는 눈빛, 아이를 바라보는 눈빛. 그 눈빛에서 나는 희망을 보았다. '그는 분명히 다시 일어설 것이다. 반드시.' 믿고 싶었다. 아니, 믿어야만 했다.

그러던 어느 날, 시어머니가 나를 따로 불렀다.

"민아야."

어머님의 목소리가 떨렸다.

"우리 이제… 편히 보내주자. 그렇게 마음먹자."

"어머님, 왜 그런 말씀을 하세요?"

"병원에서도 그렇고… 여기저기 알아봐도 힘들 거 같

다고 하더라. 괜히 우리가 더…"

"아니요."

나는 고개를 세차게 저었다.

"어머님, 전 아직 어머님보다 적게 살아서인지, 자식이
아니라 남편이라 그런지, 아니면 아이 때문인지 모르겠
지만 저는 아직 포기할 수 없어요. 그런 말씀 하지 말아주
세요."

어머님은 조용히 고개를 숙였다. 말없이 손을 무릎 위
에 올려놓고 애꿎은 손수건만 만지작거렸다. 그러다 문
득 나를 향해 고개를 돌리더니, 조심스레 입을 열었다.

"나도… 안 보내고 싶다. 내 자식인데, 자다가도 울컥
하고 눈물이 난다. 얼마나 아까운 내 자식인데…"

그녀의 목소리가 떨렸다.

"근데 민아야, 요즘엔 아버지도 나도… 은호 숨소리만
들어도 무서워. 밤새 끙끙 앓는 소리에 깨면 혹시나 하고
가슴이 철렁한다. 하루가 다르게 나빠져 가는 게 눈에 보
이고 도와주고 싶은데 아무것도 해줄 수 없는 게 너무 미
안하고… 엄마니까 뭐든 해줄 수 있을 줄 알았는데, 그게
아니더라. 이게 내 괜한 욕심인가 싶기도 하고. 애를 더
힘들게만 하는 게 아닌가 싶고…"

나는 아무 말도 할 수 없었다.

"너한테도 미안하고, 애 키우랴, 병간호하랴 얼마나 힘든지 아는데… 그걸 다 알면서도 우리가 도와줄 수도 없고."

어머님의 눈물에 나도 입술을 깨물었다.

"아니요."

나는 마음을 다잡고 단호하게 말했다.

"사람 사는 게 다 의지로 되는 거라면서요. 이겨낼 수 있어요. 분명히 괜찮아질 날이 올 거예요. 아직 시유가 이렇게 어린데 어떻게 그냥…"

말끝을 흐르며 쏟아지는 눈물을 닦아냈다. 방 안의 공기는 얼어붙었다. 나는 더 이상 말을 잇지 못했고, 시어머니도 말없이 눈물을 닦아냈다. 그 침묵 속에서 그녀의 말이 단순한 체념이 아닌 다가올 현실이라는 생각이 밀려들었다. 숨이 막히는 것 같았다. 불안감이 한꺼번에 몰려온 나는 자리를 먼저 떠났다.

알고 있다. 시어머니의 마음을, 노력을, 인내를.

다 큰 아들 간호를 위해 서울 병원 생활을 직접 하겠다고 나선 것도, 본인 집에서 아들을 돌본 것도, 자기 시간을 아들에게 모두 쏟아내며 매일 눈물로 기도를 올린 것도,

그래서 나에게 그런 말을 전하기까지 얼마나 많은 밤을 끙끙 앓으셨을지도 충분히 이해할 수 있다. 그의 엄마이기에, 너무나도 소중한 막내아들이었기에.

그렇게 눈물을 쏟아내고 집으로 돌아와 여느 때와 다름없이 아이를 재우고, 그 곁에 누워 간절히 기도했다.

"제발 우리 아이에게서 아빠를 뺏지 말아주세요."

눈을 감아도 떠오르는 그의 눈빛, 그의 목소리, 그의 손길. 모든 걸 쥐어짜듯 갈구하며 혼잣말처럼 속삭였다.

'제발.'

그리고 얼마 지나지 않은 12월 31일 아침, 출근을 준비하던 중 그의 작은 누나에게서 연락이 왔다. 손이 부들부들 떨리고 있었다. 그의 호흡이 고르지 못해 응급실에 가야 할 것 같다는 말이었다.

"이왕에 가는 거, 서울 병원 응급실로 가려고."

나는 따라가겠다고 했지만, 이번에도 역시 먼저 가보고 연락을 줄 테니 기다리라고 했다.

그는 젊었고, 그래서 수술도 잘 되었다. 치료도 비교적 잘 됐고 회복도 빨랐다. 몇 개월 지나면 다시 일상을 누릴 수 있을 거라 믿었다. 그러나 젊다는 건, 암세포의 확장도 빠르다는 뜻이었다. 몇 달 사이 그의 몸에 새로운 종양이 생겼고, 그것이 점점 더 많은 힘을 빼앗아 갔다.

나는 뒤늦게 안 사실이지만, 그날 응급실에서 수술을 맡았던 의사가 남편과 어머니에게 전한 말이 있었다.

"이제 더 이상 희망이 없습니다."

그 말을 들은 그는 그 자리에서 어머니와 함께 펑펑 울었다고 했다. 응급실의 수많은 사람 속에서, 그들은 아무렇지도 않게 소리 내서 울었다고 했다. 당시 나에게는 아주 일부만 이야기했다. 그저 상태가 더 나빠졌다는 이야기를 들었다며 새해 첫날부터 좋은 소식이 없다는 것에 미안해했을 뿐이었다.

응급실에서 돌아온 그는 이제 계속해서 누워 있기만 했다. 아니 누워 있을 수밖에 없었다. 그의 진료에 나는 혼자 병원으로 향했다. 그날은 내 생일이기도 했다. 주민등록등본과 신분증을 챙겨 그와 나의 관계를 증명하고 진료실로 들어갔다. 그런데 의사의 첫마디는 예상도 하지 못한 말이었다.

"이제 병원에서 해줄 수 있는 치료는 없습니다. 호스피스에서 남은 시간 편히 지낼 수 있게 도와주는 게 최선의 방법입니다."

억울했다. 그동안 병원에서 하라는 대로 모든 걸 해왔건만, 원인도 모른 채 이 병에 걸린 것도 억울했는데, 이제 더 이상 할 수 있는 게 없다는 말까지 들으니, 숨이 막혀왔다. 죽는 것만 남았다는 말이 내 마음을 갈기갈기 찢어놓은 느낌이었다.

의사는 "다음 진료는 없습니다."라고 덧붙였다. 나는 더 이상 물어볼 것도, 할 말도 없었다. 의사도 내가 뭔가 더 묻기 전에 간호사와 이야기하라며 나를 내쫓듯이 내보냈다. 하소연을 들어줄 시간은 없다는 듯 "다음 환자 들어오세요."라고 말했다. 나는 부모에게 버려진 아이처럼 큰 두려움에 휩싸였다. 그 방에서 나온 순간 외롭고 허무했다. 한 줄기 희망이라도 있을 거라 믿고 싶었지만, 그것마저 싹둑 잘려버린 기분이었다.

혼자 KTX를 타고 내려오는 길, 멈추지 않는 눈물을 숨길 수 없었다. 사람들로 가득 찬 좌석에서 나도 모르게 엉엉 소리가 나왔다. 그 소리는 아마도 응급실에서 울었다던 그들의 울음과 비슷한 의미였을 것이다.

기적이 오길 바란 건 나의 헛된 바람이었을까. 이유도 없이 찾아온 병이었으니 이유 없이 한순간에 사라져 주기를 바랐다. 나의 생일에 듣게 된 남편의 시한부 판정이라니, 선물처럼 우리 가족에게 기적의 순간이 찾아올 것이라 기대한 나에게, 세상에게 실망했다.

미망인이라는 단어

서울대학교 병원 진료를 마친 뒤, 나는 꼬박 이틀을 방 안에만 있었다. 그를 볼 용기가 생기지 않았다. 그냥 내가 사라져 버렸으면 좋겠다고 생각했지만, 도망칠 수도 없었다. 그의 CD를 챙겨 들고 새벽부터 다시 KTX를 탔다. 유명하다는 병원의 뇌종양 명의를 찾아 나섰다. 씩씩해지려고 했지만, 때와 장소에 상관없이 터져 나오는 눈물을 막느라 휴지가 손에서 떨어지지 않았다. 이곳에서도 똑같았다. 세계 어디를 가도 치료할 수 없다고 했다. "이제 곧 죽는 일만 남았다"라는 말을 들으며, 가슴이 무너져 내렸다.

다시 집으로 돌아가고 싶지 않았다. 하지만 마음대로

할 수 있는 건 아무것도 없었다. 첫돌까지 아빠와 함께 지내던 아이는 아빠와 떨어지기 시작하면서 종종 아빠를 찾더니, 이제는 그의 존재를 잊은 듯했다. 그가 점점 지쳐가고 있을 때, 아이는 하루가 다르게 자라고 있었다. 세살이 되어 처음 어린이집에 입학하게 되었다. 일주일간 엄마가 같이 오전 시간 동안 어린이집에 같이 있으면서 적응하고, 점심시간이면 이른 하원을 했다.

그날도 아이와 함께 하원해 차를 타고 막 어린이집을 나서고 있었다. 시어머니한테서 갑자기 전화가 왔다.

"민아야, 지금 병원에 와야 할 것 같아. 은호가 오늘이 마지막이 될 것 같다고 한다."

"네?"

"방금 의사가 와서 그렇게 말했어. 얼른 와."

"아니, 진짜예요? 병원에서 삼 개월 정도는 괜찮다고 했잖아요…."

"아니야, 서둘러."

전화를 끊고 엄마에게 아이를 맡긴 후 바로 병원으로 향했다. 가는 길에 작은 형님에게도 전화했다. 내가 물어볼 사람은 작은 형님뿐이었다.

"형님, 어머님이 전화로요…"

"안 그래도 나도 전화 받았어. 괜찮아. 별일 없을 거야, 조심해서 가 봐."

무슨 정신이었는지 병실에 도착하니 온 가족과 친지가 그를 둘러싸고 있었다. 그를 보자마자 어김없이 눈물이 쏟아졌다. 분명 어제도 나와 시유를 두고 절대 먼저 가지 말라고 말하면 두 눈을 크게 깜빡이던 그였다. 모두가 그를 보며 내가 왔다고 이야기했다. 나는 그의 귀에 대고 속삭였다.

"오빠, 나… 왔어."

모두가 나에게 좋은 이야기를 해주라며 자리를 피해주었다. 큰 병실에 둘만 남았다.

"오빠, 진짜야?"

쏟아지는 눈물을 참을 힘조차 없이, 그저 그를 눈에 담으려 애썼다. 그동안 혼자서 힘든 시간을 견뎌온 그에게, 이제라도 내 마음을 전하고 싶었다.

"너무 힘들고 답답했지? 그동안 정말 고생 많이 했어. 오빠는 나랑 결혼해서 행복했어? 나는 정말 행복했어. 나 많이 사랑해 줘서 고마웠고, 시유 잘 키워볼게. 아… 오빠, 우리 잘 지켜봐 줘, 그리고 우리 꼭 잘 지켜내 줘."

내 말이 그의 귀에 닿았는지, 그는 눈을 깜빡였고, 그 눈에서 눈물이 흘러내렸다. 나는 그 눈물을 조심스럽게 닦아주며 속삭였다.

"너무 걱정하지 마."

그의 입술에 내 입술을 가볍게 대자, 그는 살며시 미소를 지어 보였다.

곧이어 아빠와 엄마가 시유를 데려왔다. 시유에게 "아빠, 이제 잘 가."라고 인사해 보라고 했다. 사람들이 많은 곳에서 무슨 일이 일어나는지 이해하지 못한 아이는 어리둥절해했다. 그렇게 그는 모든 가족과 인사를 나누며 마지막을 함께했다.

장례 절차는 빠르게, 그리고 아무 감정 없이 진행되었다. 모든 결정은 시부모님을 중심으로 이루어졌고, 나는 그저 주변 사람이 된 것 같았다. 내가 내린 유일한 결정은 그의 영정사진이었다. 그가 좋아했던 사진, 그가 가장 자연스럽고 가장 빛나 보였던 사진으로 남겨주고 싶었다. 만삭 사진을 찍으러 갔던 그날의 기억을 떠올리며, 그의 얼굴을 골랐다. 하얀 재킷을 입고 꽃을 한 아름 들고 웃고 있는 모습이었다.

영정사진을 고르고 나니 장례식장 문 앞에 그의 이름

이 적혀 있었다. 그리고 그 이름 밑에 내 이름이 있었다. '미망인'. 그 단어가 내 가슴에 박혔다. 아직 죽지 않은 사람, 남편을 따라 죽지 않은 과부. 그 의미가 내게 와닿는 순간 숨이 갑자기 턱 막히고 가슴이 쿵, 하고 내려앉았다. 남편을 따라 죽지 않은 사람이라니. 이 단어는 홀로 남겨진 아내를 낮춰 부르는 차별 언어이므로 몇 해 전 법령과 행정 용어에서 지워졌다. 나는 그 단어를 본 순간 그가 없는 이 세상에서 사라져 버리고 싶은 마음이 솟구쳤다. 머리끝까지 차오른 고통이 그대로 눈물로 흘러내렸다. 제일 먼저 그의 친구가 장례식장으로 뛰어 들어왔다. 시부모님이 계신 성당 사람은 물론, 저녁에는 그의 친구들과 직장 동료들이 자리를 채워 장례식장이 꽉 차 있었다.

삼일간 밥을 먹지 않은 건 문제가 되지 않았다. 삼일쯤 굶는다고 죽는 건 아니니까. 계속 절을 하고 인사를 반복했다. 방에 들어가서 잠시 쉬라는 말도 들리지 않았다. 언젠가는 마를 것 같았던 눈물은 끝없이 쏟아지기만 했다. 내가 나인 것이 싫었다. 이 자리에 내가 있다는 것이 믿기지 않았다. 도대체 이게 무슨 상황인지, 왜 이렇게 많은 사람이 모여 있는 건지, 나는 왜 계속 하염없이 눈물을 흘리고 있는지, 왜 내 옆에는 그가 없는지… 현실에서 도망치고 싶었다. 수없이 많은 생각이 꼬리에 꼬리를 물고 나를 괴롭혔다. 이 모든 게 꿈처럼 느껴졌고, 그저 한순간이라도 이 상황이 사실이 아니기를 바랐다.

그렇게 시간이 흐른 끝에, 그를 한 줌의 재로 보내야 할 때가 다가왔다. 그가 자리 잡은 천주교 봉안당 앞에 서서, 부모님이 먼저 절을 하고, 친구들과 가족들이 뒤이어 인사를 나눴다. 마지막으로 내 차례가 되었다. 내가 그에게 마지막 인사를 하고 나면, 그와 나 사이에 굳건한 벽이 세워질 것이다. 그 벽은 어떤 말로도, 어떤 눈물로도 허물 수 없는 것이다. 최대한 미루고 싶었다. 한참을 엎드려 일어나지 못했다. 말로는 잘 가라고 인사했지만 내 마음은 그저 절망뿐이었다. 그는 내 손을 떠나, 나와의 모든 시간을 뒤로한 채 이 세상과 작별해야 했다.

비가 어둑어둑 쏟아지다가 점차 사그라들기 시작했다. 나는 천천히 그 자리를 떠났다. 그와 함께한 모든 순간이 머릿속을 스쳐 갔다. 기쁨, 슬픔, 희망, 절망, 그리고 사랑. 모든 감정이 한순간에 뒤엉켜 가슴 속에서 무겁게 눌러앉았다. 고통을 떨쳐내고 싶었지만, 불가능했다. 아무리 애를 써도 그가 없는 현실은 나를 놓아주지 않았다.

서른세 살, 나는 그렇게 그를 보냈다.

울다 지쳐 잠드는 날

늦은 밤, 혼자 울다 지쳐 잠이 들었다. 이른 아침에 눈을 떴을 때는 몸 전체가 불덩이처럼 뜨거웠다. 체온계의 숫자는 39도에서 40도를 넘나들었고, 몸이 마음처럼 움직이지 않았다. 딱히 독감 증상이 있는 것도 아니었다. 그저 이유를 알 수 없는 고열이 몸을 잠식했다. 가까운 병원을 찾아 독감 검사를 하고 해열제를 처방받았다. 수액을 맞으며 잠시 누워 있자니 눈꺼풀이 스르르 감겼다. 검사 결과 독감은 아니라는 말을 들었다. 하지만 왜 열이 나는지는 알 수 없다고 했다.

해열제를 먹고 잠시 열이 떨어지는 듯하더니 이내 다시 40도를 넘어섰다. 다음 날도 같은 병원을 찾았다. 의사는 여전히 원인을 알 수 없다고 했다. 침대에 누워 수액을 맞고 있는 동안 병원의 공기마저 목을 타고 내려가는 듯 차가웠다. 눈을 감아도 피곤이 가시지 않았다. 내가 지쳐 버린 몸을 이끌고 여기에 온 건지, 아니면 이곳이 나를 더 지치게 만드는 건지 알 수 없었다. 삼 일째 되는 날, 병원을 다시 찾았다. 역시나 사십 도가 넘는 체온으로 의사와 마주 앉았다. 이번엔 달랐다.

"어제까진 안 보였는데, 이제 보이네요. 편도염이에요. 그동안 피곤하셨나 봐요. 찾았으니 금방 나을 거예요."

"네, 감사합니다."

진료를 마치고 해열제와 수액을 맞으며 잠시 누워 있었다. 벽에 걸린 시계 초침 소리가 귀에 박혔다. 겨우 눈을 뜨고 일어나 약을 처방받아 병원을 나섰다. 터벅터벅 혼자 집으로 걸어가던 길, 불현듯 그의 마지막 서울대학교 병원 진료일이 떠올랐다.

"앞으로 평범할 수 있을 거란 기대는 하지 마세요."

진료를 마치고 안내받은 곳이 호스피스를 상담해 주는 사무실이었다. 어떤 곳인지 잘 알지도 못한 채 길을 따라갔다. 문을 열자, 상담사가 내게 다가와서 익숙한 듯 책상 위의 휴지를 뽑아 손에 쥐여주었다. 나는 이미 눈물이 흐른 채로 자리에 앉았다. 그녀는 차트를 넘기며 담담히 말을 꺼냈다.

"어머, 너무 젊으신데… 힘드시겠다."

그녀는 지역 내 호스피스의 현실을 설명해 주었다. 여기는 자리가 없고, 저기는 우리 병원 환자가 아니면 어렵고, 해당 병원들도 다 차 있어서 당장은 어렵다는 말이 이어졌다. 설명이 귀를 타고 흘러 나가 저 문밖으로 멀어지는 동안, 그녀는 내게 이런저런 개인적인 질문을 던졌다. 몇 살인지, 언제 결혼했는지, 아이는 있는지. 대답하다 보니 어느새 내가 묻는 사람이 되어 있었다. 왜 이런 병이 그에게 찾아왔는지, 왜 우리에게 이런 일이 생긴 것인지. 병원에서 시키는 대로 다 했는데 왜 결과가 이 모양인지. 그러면 이제 나와 아이는 어떻게 하라는 건지. 진료실에서는 삼켜버렸던 하소연이 처음 보는 그녀 앞에서 터져 나왔다.

그녀는 고개를 끄덕이며 말했다.

"너무 젊어서 안타깝지만, 언젠가는 모두가 겪는 일이에요. 여기 오시는 모든 분이 다 그렇게 말씀하시죠. 하지만 조금만 지나면, 다들 일주일에 한 번 웃다가 이틀에 한

번 웃고, 그러다 결국엔 매일 웃게 돼요. 그냥… 앞으로 남들처럼 평범하게 살 수 있을 거란 기대는 하지 마세요. 그냥 하루하루 견뎌내세요."

그녀의 담담한 말은 내 마음을 할퀴었다.

"왜 평범하게 살 수 없죠?"

"이미 평범한 경험이 아니잖아요."

말을 이어갈 수 없었다. 평범한 경험이 아니라는 말이 나를 수긍하게 했다. 안내 책자를 받아 들고 자리에서 일어났다. 그녀의 말을 곱씹으며 내 안에 조용히 금이 가는 소리를 들었다. 그 틈으로 나는 무너져 내리고 있었다. 주변의 소음은 지워지고, 오로지 그녀의 말과 내 안의 침묵만이 선명하게 남았다.

"이제 평범할 수 없다니…."

그 말은 이 세상에서 바랄 수 있는 게 아무것도 없다는 선고처럼 들렸다. 병원에서 집으로 걸어가는 십분 남짓의 시간 동안 그 말이 내 양쪽 귀를 부지런히 괴롭혔다. 마치 짓궂은 소나기가 갑작스레 몰아쳐 귓가를 때리는 것처럼.

그가 떠난 뒤 꽤 오랫동안 나는 호되게 몸살을 앓았다. 고열에 시달리며 몸은 그를 향한 마음의 잔해가 되었다.

앞으로 어떻게 살아야 할지 알 수 없었다. 아니, 알고 싶지도 않았다. 평범했던 지난날들이 얼마나 소중한 것이었는지, 그때는 알지 못했다. 하지만 이제 안다. 평범함이란 기적 같은 것이라는 걸. 그리고 나는 더 이상 그 기적을 바라볼 수 없게 되었다는 것도.

분명 구름 한 점 없이 맑은 하늘이었다. 푸른빛이 눈부시게 빛났지만, 이상하게도 나에게만 찬바람이 스며드는 듯했다. 나는 계속 걷고 있었지만, 어쩐지 점점 더 깊은 어둠 속으로 가라앉는 기분이었다.

얼마 뒤 그의 생일을 맞아 장례식장에서 고생한 그의 친구들을 불러서 저녁을 대접했다. 엄마가 여러 음식을 미리 준비해 주었고, 친구들은 봉안당에 들러 그에게 인사를 한 뒤 우리 집으로 왔다. 나도 참 오랜만에 우리 집 문을 활짝 열어 두었다. 하나둘 모여든 친구들은 술잔을 기울이며 음식이 맛있다는 칭찬을 건네고, 이런저런 이야기를 풀어놓기 시작했다.

"아니, 얼마 전에 꿈에 나왔다니까요."

"어? 나는 장례식장에서 잘 때 잠깐 본 것 같았는데."

"진짜요? 저는 아직 못 봤는데… 꿈에서 뭐 했어요?"

"그냥 대학교 다닐 때랑 똑같았죠. 같이 술 먹고 둘러 앉아서 놀고… 진짜 그때 같았어요."

"대학교 다닐 때 진짜 재밌었는데."

그의 대학교 시절 이야기, 고등학교 이야기, 군대 이야기… 그들이 꺼내놓는 그의 지난날들은 내가 알지 못했던 시간이었다. 나를 만나기 전에 그가 살아왔던 일상을 들으며 문득, 그가 정말 없다는 것이 실감 나지 않았다. 집을 들어설 때 친구들이 들고 온 물건들은 삼촌들이 시유에게 주는 선물이라고 했다.

"이제 무슨 일 있으면 저희한테 꼭 연락하세요. 연락처 다 있죠?"

"말씀만이라도 감사해요. 잘 전해줄게요."

그의 친구들은 음식을 깨끗이 비우고서는, 나를 괜히 힘들게 한 것 같다며 서둘러 자리를 떴다.

그들이 떠난 뒤, 문 닫히는 소리가 집안에 깊은 침묵과 고요를 드리웠다. 사람들로 가득했던 공간이 순식간에 텅 빈 집으로 변했다. 남아 있는 건 어지럽혀진 식탁 위에 빈 접시들과 아지랑이처럼 퍼지는 술 냄새, 그리고 무겁게 내려앉은 정적뿐이었다.

그 순간 나는 이상할 만큼 허전했다. 조금 전까지만 해도 생기가 넘치던 공간이 갑자기 무색해지고, 따뜻한 웃음과 이야기들은 먼 기억 속으로 사라져 버린 듯했다. 함께 나눈 이야기들은 오히려 '그가 이제 정말 여기 없구나' 하는 현실을 상기시켰다. 마음 깊은 곳에서부터 밀려오는 쓸쓸함과 외로움이 나를 구석으로 몰아세웠다.

'아, 그때 그 상담사가 했던 말이 이런 뜻이었겠구나. 남들한테는 다 있는 남편이 나에겐 없고, 아이에게는 아빠가 없고, 그의 친구들에겐 그가 없었다. 젠장. 대체 이게 무슨 꼴이람.'

순간 내 처지가 나를 우습게 만들었다. 잠시 활짝 열렸던 우리 집 문은 이내 다시 굳게 닫혔다. 그 안에서 나는 또 그치지 않는 울음을 삼켜냈다. 조용히 가라앉은 공간 속에서 언제쯤 멈출지 모를 그 눈물이, 이제는 견딜 수 없을 만큼 싫어지기 시작했다.

고객님의 전화기가 꺼져있어···

시간은 참 가혹하게 흘러간다. 남겨진 사람은 그 흐름에 억지로라도 발맞춰 살아가야 한다. 그러나 흐름 속에서 내가 해야 할 일이 나에게는 너무나 잔인하게 느껴졌다. 그가 이 세상에 없다는 것을, 그가 사망했다는 사실을 서류로 증명해야 했다. 사망신고를 하러 동사무소에 가야 했지만, 그 절차는 내게 산처럼 버겁게 다가왔다. 그의 이름을 서류에서 지우는 일. 그것은 마치 그의 흔적이 내 삶에서 조금씩 지워지고, 그와 나 사이의 거리가 돌이킬 수 없이 멀어지는 것 같았다. 눈물은 억누를 수 있었지만, 그 서류 앞에서 감정까지 감출 수는 없었다.

미루고 미루다 한 달이 되는 날, 결국은 작은 형님에게 부탁할 수밖에 없었다.

"형님, 도저히 못 갈 것 같아요. 형님이 좀 해주세요."

다행히 같은 아파트에 사는 작은 형님은 망설임 없이 응해주셨다.

그날 저녁, 작은 형님에게서 전화가 왔다.

"오늘 다녀왔어. 그런데 하루 지났다고 벌금을 내야 한 다더라. 난 비동거인이니까 괜찮았지만, 네가 갔으면 벌 금 낼 뻔했어. 아무튼 잘 끝냈어."

"감사합니다, 형님."

사망신고를 하지 않으면 벌금을 낸다니. 세상은 너무 나 차갑고 무심했다. 남겨진 사람이 슬픔을 느낄 겨를조 차 허락하지 않는 듯했다. 하지만 해야 할 일은 여전히 산 더미처럼 남아 있었다. 그의 이름으로 된 집, 차, 주식 등 모든 것을 정리해야 했다. 아이가 미성년자인 탓에 시부 모님을 특별대리인으로 세워야 했고, 복잡한 상속 절차 는 법무사의 도움을 받아 겨우 마무리할 수 있었다. 그렇 게 하나씩, 그와 함께했던 삶의 흔적들이 서류와 도장 속 에서 사라져갔다.

남편의 이름으로 된 두 대의 차를 볼 때마다 원망스러

운 마음이 치밀어 올랐다. 왜 모든 걸 그의 명의로 해 두었을까. 명의이전을 위해 필요한 서류를 준비하는 과정은 내게 너무나 고통스러웠다. 그가 더 이상 세상에 없다는 것을 증명해야 하는 서류들. 혼인관계증명서에 적힌 '폐쇄'라는 단어는 이미 알고 있는 현실을 다시금 무겁게 들이밀며 내 마음을 후벼팠다.

서류를 들고 차량등록사무소에 갔다. 그곳은 새 차를 등록하려는 사람들로 분주했다. 명의이전 서류를 작성하며 자신을 다독였다.

'괜찮다, 괜찮다.'

눈에 힘을 주고, 서류를 뒤집어 놓은 채로 쳐다보지 않으려 애썼다.

"딩동."

내 번호가 호출되었다. 중년의 여성 직원이 사무적인 표정으로 서류를 받았다. 나는 그녀의 눈을 피하며 방황하는 눈동자로 주위를 둘러보았다. 그녀는 서류를 꼼꼼히 확인하더니 말없이 내게 휴지를 건넸다. 그 순간, 나도 모르게 애써 참았던 눈물이 쏟아졌다. 그녀의 말 없는 행동은 수없이 들었던 위로의 말들보다도 훨씬 큰 울림으로 다가왔다. 그녀도 눈가를 훔치며 혼잣말처럼 말했다.

"아이고, 아직 아기도 너무 어리다."

그녀의 따뜻한 눈빛과 휴지 한 장이 나를 잠시나마 버티게 해주었다. 명의이전이 완료된 차량 등록증을 건네받으며 감사의 인사를 전했다.

사무소를 나와 차에 올라탔다. 어둑해진 하늘을 올려다보며 또 한 번 눈물을 삼켰다. 또 하나의 과정이 끝났다는 안도감과 함께, 이제 남은 일들까지 끝내야 한다는 현실이 무겁게 밀려왔다. 그가 떠난 후, 짧은 시간이었지만 이렇게 깊은 위로를 받은 것은 처음이었다. 그것도 전혀 모르는 사람에게서. 너무도 낯설고 놀라운 감정이었다.

가족들은 각자 자신의 상처를 치유하느라 바빴다. 친척들은 나에게 직접 묻지 못하고, 부모님에게 "민아는 요즘 어떻게 지내?"라는 안부를 대신 물었다. 친구들은 나를 위로하지 못했다. 그저 불쌍하다는 시선으로 나를 바라볼 뿐이었다. 그 와중에 남편의 먼 친구들이나 나의 지인들 사이에서 우리의 이야기가 떠돌아다닌다는 소식을 들었다. 그러나 나는 그저 침묵할 수밖에 없었다.

나조차도 나를 어떻게 대해야 할지 몰랐으니까.

모든 명의 변경은 할 수 있을 만큼 미뤘다. 그러나 더 이상 미룰 수 없는 순간이 오자 겨우 몸을 일으켜 하나씩 처리하게 되었다. 과정 하나하나가 또 다른 상처였다. 서류에 적힌 그의 이름이 지워질 때마다, 나는 그가 더 세상에 없다는 사실을 다시금 직면해야 했다. 비대면으로 처리할 수 있는 일들은 그렇게 해결했지만, 직접 방문해야 할 일들도 많았다.

사람들은 서류를 받아 들고는 나를 한 번 훑어보았다. 그들의 눈빛은 언제나 같았다. 통신사에 방문했을 때도 다르지 않았다. 집 인터넷 명의를 변경하며, 직원은 남편의 휴대전화 번호도 없애주겠다고 했다. 그러나 나는 단호하게 고개를 저었다. 그 번호만큼은 남기고 싶었다. 남편의 휴대전화에는 아직 소식을 접하지 못한 지인들이 남긴 문자와 그리움 가득한 댓글들이 있었다. 그 번호마저 없어진다면 정말로 그가 사라졌다는 생각이 들 것만 같았다. 그 번호가 다른 사람의 이름으로 카카오톡에 새 친구로 나타나는 날을 상상조차 하기 싫었다.

지금도 남편의 휴대전화 요금을 계속 내고 있다. 인스타그램에는 그의 계정이, 우리가 함께 찍은 사진들이 그대로 남아 있다. 전화를 걸면 들리는 "고객님의 전화기가 꺼져있어…"라는 안내음조차도, 나에게는 위안이 된다.

그의 이름이 내 연락처에 남아 있는 건, 그가 내 삶에 존재했다는 마지막 흔적이기 때문이다. 그 번호가 있음으로 인해 그가 여전히 나와 연결되어 있다는 착각이라도 할 수 있으니까 말이다.

고래의 꿈

집에서 한 시간 거리에 있는 봉안당에 매일 갔다. 가는 길마다 눈물이 멈추지 않았다. 왜 혼자만 갔느냐고, 나도 데려가라고 속으로 수없이 원망했다. 다가올 내일은 상상조차 할 수 없었다. 한없이 버겁고, 끝없는 어둠 앞에 선 듯 두려웠다. 내가 마음 놓고 울 수 있는 곳은 그곳뿐이었다. 그렇게 한참을 울다 지쳐 돌아와 침대에 쓰러지듯 누웠다. 그는 떠났지만, 남아 있는 사람들은 자꾸 물었다.

"혹시 꿈에 나오진 않았니?"

그때마다 고개를 저을 수밖에 없었다. 그는 한 번도 내 꿈에 나오지 않았다. 그 말을 들은 사람들은 나를 위로한다며 이렇게 말했다.

"그래, 잘 갔나 보다. 이제 네가 걱정할 필요 없어."

가벼운 위로가 내게는 오히려 큰 부담으로 다가왔다. 마음을 놓으라니, 보내주라니. 나는 그를 놓아줄 수 없었다. 보내준다는 건 그가 정말로 사라진다는 뜻이니까. 그 모든 감정이 버겁고 무거워 숨이 막힐 것만 같았다.

그러던 어느 날, 평소처럼 침대에 누워서 잠이 들었다. 그가 드디어 내 꿈에 나타났다. 분명 꿈이었다. 그러나 현실처럼 생생했다. 아니, 현실보다 더 선명했다. 그는 내가 좋아했던 하늘색 티셔츠를 입고, 집 앞에 서 있었다. 뭔가를 말하려는 듯, 나를 기다리고 있었다. '이게 정말 가능한 일일까? 그가 다시 올 수 있을까?'라고 생각했지만 스쳐 지나갈 뿐이었다. 그가 왔다는 소식을 듣고 나는 헐레벌떡 밖으로 뛰어나갔다.

그는 시계를 보며 나를 재촉했다.

"빨리 와."

그의 목소리는 꿈결처럼 멀고도 가까웠다.

"어? 오빠?"

"응, 나야. 빨리."

그의 얼굴은 너무도 익숙했다. 눈익은 미소와 그리운

눈빛. 믿기지 않는 현실에 나는 더디게 다가갔다.

"마지막으로 우리 데이트하고 싶어서 왔어. 괜찮지?"

나는 그가 내 손을 잡았을 때 느껴진 온기가 너무 현실 같아, 순간 꿈임을 잊어버릴 뻔했다. 그의 손은 따뜻했고, 그 온기는 내 마음 깊은 곳까지 스며들었다.

"내가 좋아했던 곳에 가고 싶은데, 어때?"

"좋아."

나는 그의 손을 기꺼이 잡고 차에 올랐다. 그는 자주 찾았던 바닷가로 나를 데려갔다. 좋은 일이 있을 때나 속상한 일이 있을 때, 늘 그가 머물던 곳이었다. 바다는 그의 마음을 어루만져 주는 안식처였다. 그리고 지금, 그 안식처로 나를 데려온 것이다. 차창 밖으로 스치는 풍경이 꿈처럼 흐릿했지만, 그의 모습만큼은 선명했다.

"여기 오고 싶었어?"

"응, 바다가 보고 싶었어."

그는 바다를 바라보며 부드럽게 웃었다. 나는 그를 한없이 바라봤다. 그가 더 이상 곁에 없다는 걸 알면서도, 지금 내 앞에 그가 존재한다는 사실이 믿기지 않았다. 그 순간만큼은 시간이 멈춘 듯했다. 그는 조심스레 나를 끌어안았다.

"나 괜찮아. 그러니까 너도 괜찮아질 거야. 미안해."

그의 목소리는 따뜻하고 잔잔했다. 나는 그의 품속에서 울지 않으려 애썼다.

"오빠, 진짜 괜찮은 거야?"

믿을 수 없어 다시 물었다. 그는 미소를 지으며 고개를 끄덕였다.

"응. 이제 좀 자유로울 수 있을 것 같아."

그는 내 옆에 서서 바다를 바라보았다. 살랑이는 바람이 우리를 스쳐 지나갔다. 그러다 갑자기 그는 저 멀리 바다를 가리켰다.

"저기, 고래들 보여?"

나는 그의 손끝을 따라 바다를 바라보았다. 순간, 어디선가 수많은 고래가 파도 위로 나타났다. 깜짝 놀라 고래와 그를 번갈아 바라봤다. 거대한 고래들은 멀리서부터 점점 가까워지며 자유롭게 헤엄쳤다.

그 풍경은 너무나 황홀하고 비현실적이었다. 그가 보여주고 싶었던 게 무엇이었을까? 나는 그가 이 꿈에 담은 의미를 이해할 수 없었다.

그때, 방문이 열리며 엄마의 목소리가 들려왔다.

"민아야, 이제 일어나. 밥 먹어야지."

그 소리가 들리자 그는 고래 떼 사이로 사라졌다. 나는 침대 위에 멍하니 앉아 사라져 버린 바다를 떠올렸다.

"아니, 왜 지금 깨워… 하필 지금."

나는 다시 그를 만나기 위해 눈을 감았지만, 더 이상 나타나지 않았다. 그와 함께였던 꿈 바깥으로 나만 튕겨 나왔다.

그렇게 그는 사십구재를 앞두고 처음이자 마지막으로 나를 찾아왔다. 아주 건강하고 자유로운 모습으로. 이후로도 힘들 때마다 나는 그날의 꿈을 떠올렸다. 어두운 날, 잠시 스며드는 햇살처럼 그는 내게 잠깐 머물다 갔다. "마지막 데이트를 하고 싶다"라는 그의 말은 여전히 내 가슴 깊이 남아 있었다.

사십구재가 지나고 엄마와 아빠가 조심스레 물었다.

"혹시 은호 꿈꿨니? 이 서방이 꿈에 나왔어?"

"응."

"뭐라고 하디? 어떤 모습이었어?"

나는 꿈 이야기를 간략하게 전했다.

"그냥… 나랑 마지막으로 데이트하고 싶어서 왔대. 아

프기 전 모습이던데, 좋아 보였어."

내 말에 부모님은 말없이 눈물을 훔쳤다. 엄마가 한숨 섞인 목소리로 말했다.

"그래, 은호는 너밖에 생각 안 하니깐. 편안하게 잘 갈 수 있게 해줘야지. 얼마나 눈감고 가기 힘들었겠니. 너도, 시유도 두고 발이 안 떨어졌을 거야."

나는 화를 내듯 쏘아붙였다.

"뭐, 내가 못 가게 붙잡아도, 이미 간 사람을 내가 보내고 말고 할 수 있는 건 아니잖아."

하지만 내 속마음은 달랐다. 그를 잘 떠나보내야 한다는 것을, 그리고 그를 보내기 위해 매일 참아내는 눈물과 한숨이 내 몫이라는 것을 나는 알고 있었다.

며칠 후, 머릿속에서 떠나지 않는 고래들을 떠올리며 인터넷을 검색했다. 고래 그림이 있는 액자를 찾아보기 시작했다. 몇 시간을 넘기다 마침내 파란 바다 위로 고래들이 유유히 헤엄치는 장면이 담긴 그림을 발견했다. 꿈속에서 보았던 고래 떼와 어딘가 닮아 있었다. 이상하게 마음이 끌렸다. 나는 그림을 주문했고, 며칠 뒤 도착한 액자를 집에서 가장 잘 보이는 곳에 두었다.

나는 그 그림을 볼 때마다 은호가 그날 내게 보여준 고래 떼를 떠올린다. 마치 그가 여전히 그림 속 어딘가에서 나를 지켜보고 있는 것만 같다. 이제 더는 그가 꿈에 나타나기를 기다리지 않는다. 단지, 그가 고래와 함께 여전히 나의 곁에 머물고 있다는 믿음이 오늘의 나를 살아가게 한다.

살아온 방식

그는 분명 이 세상에 없다. 계속해서 모른 척 일상으로 돌아가려 애썼지만, 마음은 매번 그의 빈자리에 무너졌다. 은호가 떠나고 난 뒤, 주위에서 '팔자' 이야기를 너무 많이 들었다. 그저 어른들의 지나가는 말이겠지만 나에겐 바늘같이 가시 돋친 말이었다. '팔자라니?' 내 최선을 무시당한 기분이었다. 나는 나의 인생에 충실하게 살았고, 분명 은호도 그랬다. 언제나 최선의 선택을 해왔다고 믿었고 그 선택에 후회하지 않기 위해 누구보다 열심히 임했다. 더 나은 미래를 꿈꾸었고, 더 나은 내가 될 수 있을 거라 확신했다. 열심히 살면 반드시 행복한 날이 기다리고 있으리라고 생각했다.

하지만 그런 날은 오지 않았다.

그의 빈자리가 모든 것을 잠식한 지금, 나는 문득 생각한다. '나는 대체 왜 그렇게 열심히 살았던 걸까?' 그리고, '그럴 필요가 없었던 건 아닐까?' 만약 이게 내 팔자라면 내가 그렇게 애써온 시간은 무슨 의미였을까.

"그냥 팔자가 그렇다니 뭐 어쩌겠니…."

그들이 던지는 말은 지금 내게 더없이 큰 상처로 다가온다. 모든 것에 최선을 다해 살아온 내가, 이렇게 혼자 남아 있다면… 그렇다면, 차라리 열심히 살지 말 걸 그랬다는 생각이 든다. 팔자대로라면 애초에 힘을 빼고 살아야 하지 않았을까?

시간은 거꾸로 흐르지 않는다. 그 사실이 나를 가장 괴롭게 한다.

시유의 첫돌 때 우리는 괌 여행을 다녀왔다. 일 년 동안 잘 자라준 아이와, 치료받으며 아이를 돌보느라 고생한 은호와, 카페 오픈으로 바쁘게 보낸 나를 위한 여행이었다. 그 여행은 단순한 휴식이 아니었다. 그것은 우리가 오랜 시간 동안 쌓아온 노력의 작은 결실이었다. 언제나 열심히 살아온 우리에게 쉼을 주기 위해 계획했다. 복직을 한 달 앞둔 은호에게는 그 어떤 선물보다 더 소중한 쉼을 주고 싶었다. 저렴한 특가 비행기를 예약하고, 두 달 전부터 우리 세 식구의 새 수영복과 여름옷을 샀다. 그날을 기다리며 우리는 설렘으로 가득 찼고, 그 어떤 일상의 고단함도 잊을 수 있었다. 매장은 직원에게 맡겨 두고, 온전히 세 명이 떠나는 첫 해외여행이었다.

괌의 해변에 발을 들여놓자, 바람은 따뜻하고 햇살은 부드럽게 내려앉았다. 은호는 시유를 안고 웃고 있었다. 그의 머리카락은 햇빛에 반짝였다. 그 사이로 시유의 맑은 웃음소리가 퍼졌다. 나는 그 순간이 너무 아득하고 소중해서, 그들의 모습을 사진과 영상으로 담아두려 애썼다. 그들의 웃음소리와 함께 파도 소리가 밀려와 섞이고, 바람에 실려 온 짠 내가 내 얼굴에 닿았다. 그 모든 게 마치 시간이 멈춘 듯했다. 해변에 앉아, 시유가 손끝으로 물결을 따라가며 소리 내어 웃을 때, 나는 그때의 행복을 어떻게든 붙잡고 싶었다. 모든 걱정과 불안이 사라지고, 세상에서 가장 평화로운 곳에 있는 것처럼 느껴졌다.

은호는 시유를 품에 안고, 내게 웃으며 말했다.

"우리, 다음에는 더 길게 오자. 조금 더 쉬고, 조금 더 놀고."

나는 고개를 끄덕이며 대답했다.

"그래, 그럼. 시유 생일 기념으로 매년 해외여행 다녀 보자. 매년, 꼭 다녀야 해."

그때 우리는 미래를 두고 기대감으로 가득 찼다. 말을 내뱉는 순간, 우리가 앞으로도 계속 이렇게 행복할 거라 믿었다. 다가올 날들이 언제나 지금처럼 빛날 거로 생각했다.

나는 그 말을 되새기며 그 순간을 영원히 기억하고 싶었다. 해변에 드리운 따뜻한 빛, 서로의 얼굴에 비친 여유로운 미소, 그리고 그 소소한 행복. 우리 셋만의 작은 세상에서, 모든 게 완벽하게 느껴졌다. 세상에 둘도 없는, 유일무이한 행복처럼. 그런 순간이 계속해서 이어질 것만 같았다. 하지만 나는 알지 못했다. 그 '다음'이 오지 않을 거라는 걸. 그 순간들이 다시 돌아오지 않을 거라는 사실을, 그때는 알 수 없었다. 우리는 그 여행이 마지막이었다는 걸 모르고, 단순히 일상에서 벗어난 시간으로 여겼다. 지금 생각하면, 그때의 우리가 얼마나 아름답고 완전했는지 다시금 절실히 느껴진다. 그 행복을 어떻게든 붙잡고 싶었던 마음, 그 모든 것이 이제는 아프게만 남는다.

요즘은 문득문득 생각한다. 내가 정말 최선의 선택을 한 걸까? 그때는 단순히 '앞으로'를 보고, 그 방향으로만 달려왔다. 힘든 일도 있었지만, 결국 그 끝에는 우리가 함께할 미래가 있을 거로 생각했다. 그 믿음이 내 삶을 이끌었다. 하지만 그 믿음이 산산이 부서진 후에는 모든 것이 무의미해진 것처럼 느껴진다. 그와 함께하는 미래는 더 이상 없고, 나는 지금을 어떻게 살아가야 할지 모르겠다.

나는 늘 최선을 다해 살면 그 대가로 행복이 따라올 거라고 믿었다. 하지만 그런 믿음이 산산이 부서진 지금, 도대체 무엇을 위해 살아야 할지 알 수 없다. 모든 게 무너졌다. 내가 살아왔던 방식, 열심히 살아낸 이유, 그리고 그 끝에 도달한 게 지금이라면, 나는 틀렸다. 내가 그토록 바랐던 행복은 도대체 무엇이었을까? 그리고 그 행복은 은호 없이도 가능한 걸까? 그가 없이도, 나는 다시 웃을 수 있을까? 수없이 많은 물음표 사이로 해답이 될 마침표도, 감정을 담아줄 느낌표도 떠오르지 않았다.

열심히 살지 말 걸 그랬다.

어쩌면 그게 유일한 답이었을지도 모른다.

동굴 속에서

어느새 세상으로부터 나를 고립시키고 있었다. 이불 속에서 웅크리고 숨을 죽인 채, 마치 동굴 속에 혼자 갇힌 사람처럼, 아무도 나를 보지 않기를 바랐다. 밖에서는 여전히 시간이 흘러가고 있었다. 사람들은 여느 때처럼 아침에 일어나고, 식사하고, 일을 하고, 다시 잠자리에 들었겠지. 하지만 나의 시간은 그 모든 흐름을 멈춰버렸다.

은호가 떠난 후 나는 더 이상 밖으로 나갈 이유를 찾지 못했다. 사람을 만나고, 그들과 이야기를 나누는 일조차 버겁기만 했다. 누군가가 내게 위로의 말을 건넬까 두려웠다. 그들의 선한 의도마저 독처럼 느껴졌다. 혼자서 이불을 뒤집어쓰고 숨었다. 이불 속은 나만의 동굴이었다.

이불을 뒤집어쓰고 나면 바깥의 소리는 서서히 멀어졌고 내 숨소리만 천천히 퍼졌다가 그 안에 머물렀다. 축축한 이불 안 공기는 무거웠지만 그게 오히려 안정감을 주었다. 그 속에서는 모든 게 멈춘 듯했고 나조차 사라진 것 같았다. 딱, 이만큼만 숨을 죽이고 있으면 아무 일도 일어나지 않을 것 같았다.

하루하루가 마치 반복되는 꿈처럼 흘러갔다. 아침이 되면 창문 너머로 들어오는 희미한 빛이 나를 깨우려고 했지만, 나는 그 빛을 외면했다. 밤이 오면 모든 것이 사라졌기 때문이다. 사람들의 소리도, 밖에서 흘러가는 시간도, 나를 향한 세상의 기대도 어둠 속에서는 희미해졌다. 나는 그 속에서 홀로 숨 쉬며 버티고 있었다. 살아 있음을 느끼지 못한 채 시간을 흘려보냈다.

그런 날들 속에서도 휴대전화 벨 소리가 가끔 울렸다. 울리는 휴대전화를 덮어둔 채 나를 더 고립시켰다. 마치 그 소리가 나를 현실로 돌아오게 하려는 시도처럼 느껴져, 더욱 깊이 이불 속으로 파고들었다. 나는 홀로 버티고 있었다. 슬픔의 무게를 감당하지 못하면서도 누구의 도움도 받고 싶지 않았다.

마치 시간이 멈춘 듯했다. 하지만 나도 알았다. 시간

은 아무렇지 않게 흐르고 있다는걸. 시계가 돌아가는 소리가 어쩌다 들리면, 나도 모르게 그 소리를 세고 있었다. 그러면서도 나의 시간은 그대로였다. 하루가 지나고 또 하루가 지나도, 나는 여전히 같은 자리에 있었다. 누군가 나를 찾아와 문을 두드리면, 나는 조용히 숨을 죽였다. 나를 찾지 못하길 바랐다. 그들의 시선이 내 안으로 들어와서 나의 모든 약함을 볼까 두려웠다. 나는 자신을 지키기 위해, 이불을 더 꼭 껴안고 있었다.

이불 속에 갇혀 있던 어느 날, 문득 그와의 대화가 떠올랐다. 그를 만나기 전에 나는 혼자서도 씩씩하게, 혼자여서 당당하게 세상 속에 있었다. 하지만 그를 만나고 난후, 그는 늘 나에게 말했다. 이제는 무슨 일이든 혼자 하는 게 아니라 '같이, 함께'하는 거라고.

"힘들면 나한테 말해. 혼자 끙끙 앓지 말고. 같이 이겨내자. 우리 부부잖아. 함께해야 하는 거야. 알겠지?"

그의 눈빛과 목소리는 따뜻했다. 나는 진심이 담긴 말들에 점점 기대게 되었다. 하지만 지금 그의 목소리는 기억 속에서만 들려올 뿐이었다. 나는 혼자가 되었고, 그의 눈빛도 그가 해주던 위로의 말도 이제는 더 이상 내게 닿지 않았다. 모든 게 달라졌다는 걸 인식하는 순간, 나를 더 감싸기 위해 이불을 꽉 움켜쥐었다. 나는 더 깊은 어둠 속으로 끌려 들어가고 있었다.

때로는 울음이 터져 나오기도 했다. 그러나 그 소리마저 내게 너무나 낯설었다. 오랫동안 그를 위해 참고 견뎌 왔던 시간, 그리고 이제는 그가 없는 현실을 받아들이는 것이 너무나 버거웠다. 이불 속에서 나만의 슬픔을 곱씹었다. 누구도 나의 아픔을 이해하지 못할 거라는 생각에 점점 더 깊이 숨어들었다.

사람들은 내게 말했다. "이제 나와야지. 이제는 네 삶을 살아야지.", "은호도 네가 행복하길 바랄 거야.", "언젠가는 다시 일상으로 돌아가야 해." 하지만 그 말들이 나를 더욱 움츠러들게 했다. 그들은 아무것도 모른다. 그 누구도 내가 이 안에서 얼마나 깊은 상처와 싸우고 있는지 알지 못한다.

언제쯤 나올 수 있을까? 나는 여전히 그 동굴 속에 있었다. 세상 밖으로 나갈 용기가 나지 않았다. 언제쯤, 이 이불을 걷고 밖으로 나갈 수 있을까? 지금은 그 답을 알지 못한 채, 이 고요한 어둠 속에서 버텨야만 하는 것 같다.

스스로 찾는 답

사람들의 말이 틀린 건 아니었다. 그들은 진심으로 나를 위로하려는 마음에서 그렇게 말했을 테고, 아마도 언젠가는 그 말을 받아들일 수 있을지도 모른다. 하지만 지금 그런 말은 나에게 아무런 도움도 되지 못했다. 오히려 내 가슴에 박혀 날 더욱 혼란스럽게 만들었다.

'내 인생을 살라니, 도대체 그게 무슨 뜻일까?'

은호가 내 삶의 일부였던 그 시간 동안, 나는 진정 '내 인생'을 살았던 적이 있기는 했던 걸까? 우리는 서로의 인생을 함께 살아왔고, 그가 없는 내 인생이라는 것은 상상조차 하지 못했다. 그런데 이제 와서 내 인생을 살아가라고 하면, 그것이 어떻게 가능한지 묻고 싶었다.

그가 없는 삶에서 나는 '나'라는 사람을 잃어버린 기분이었다. 은호와 함께한 시간은 나에게 너무나 큰 의미였고, 그 시간 속에서 나는 내 모습보다 그와 함께 나눴던 순간들을 더 많이 채웠다. 내 인생 대부분에 그가 있었다. 이제 그는 사라졌고 사람들은 내게 나만의 인생을 찾으라고 한다. 하지만 나는 도저히 그 말이 이해되지 않았다.

여러 말을 되새기며 그와 함께 걸었던 공원을 혼자 걸었다. 사람들이 지나가고 나무가 흔들렸다. 세상은 여전히 평범하게 돌아가고 있었다. 마치 아무 일도 일어나지 않은 듯이. 그런데 나는 그 모든 것이 어색하게만 느껴졌다. 그가 없는 세상은 나와는 상관없는 장소 같았고 나는 그 안에서 이방인이 된 기분이었다.

그와 함께 걸었던 이 길을 혼자 걸으니, 모든 것이 달라 보였다. 함께 걸을 때는 몰랐던 풍경들이 그가 없는 지금 너무 선명하게 다가왔다. 그와 함께라면 그저 지나쳤을 나무들, 바람 소리, 사람들의 웃음소리가 이제는 하나하나 마음에 찔렸다. 왜 모든 것이 여전히 이렇게나 평범할까? 내 세상은 무너졌는데 왜 세상은 변함없이 돌아가는 걸까? 그가 없는 이 세상에서 내가 살아가는 이유는 무엇일까?

얼마 전에는 남편의 친구와 저녁을 먹었다. 매년 잊지 않고 안부 인사를 건네주는 유일한 친구다. 장례를 치를 때는 너도나도 나와 아이를 잘 챙기겠다고 했는데, 이제 대부분 연락조차 없다. 그렇다고 서운한 마음도 없다. 모두가 자기 가족과 삶을 챙기느라 한창 바쁜 시기라는 걸 나도 잘 알기 때문이다.

"잘 지내시죠? 시간 되면 술 한잔해요."

그가 메시지를 보내왔다.

무거운 마음으로 그를 만났다. 우리의 대화는 다정했고 그는 조심스럽지만 내가 느끼는 슬픔을 존중하며 진심으로 위로해 주었다.

"요즘 어떻게 지내고 있어요?"

"그냥 그럭저럭… 잊어버린 채 지내는 것 같아요. 오랜 출장을 갔다고 생각하면서요. 그게 훨씬 덜 아프거든요. 그가 떠났다는 사실을 매 순간 떠올리면 도저히 일상생활을 할 수 없어요."

그의 얼굴이 일그러졌다. 그는 내가 씩씩하게 지내고 있다고 생각했던 것 같았다.

"그래도 대단하세요. 혼자서 아이도 잘 키우고…"

나는 쓸쓸하게 웃었다.

"대단하다는 말을 듣는 게 그리 좋은 건 아니에요. 자신에게는 일어나지 않을 일이라고 생각하니까 그런 말을 쉽게 하죠. 그런데 정작 제가 이 일을 겪고 나니까 대단하다는 생각은 들지 않아요. 배우자가 죽었다고 진짜 따라 죽을 수도 없고 그렇다고 뭐 다른 배우자를 찾아 떠날 것도 아니잖아요. 그저 내가 해야 할 책임을 다하면서 살아갈 뿐이에요."

그는 잠시 침묵했다. 나는 그 침묵 속에서 내 말을 되새기고 있었다.

"사람들이 이제 네 인생을 살라고 자주 말해요. 그런데 전 그게 도대체 무슨 뜻인지 잘 모르겠어요. 아니 사실은 알고 싶지 않은 것 같아요. 남편과 함께 할 때만 내 인생이고 남편이 없다고 내 인생이 아닌 건 아니잖아요."

그가 없어도 여전히 매일 아침 눈을 뜨고 새로운 날을 맞이한다. 여행도 가고 웃기도 하고 울기도 한다. 새로운 것을 배우고 익숙한 길을 다시 걷는다.

사람들이 하는 말에는 '이제는 그를 잊고 새로운 사람을 만나야 하지 않겠냐'라는 뜻을 품고 있다. 그런 질문은 배려를 가장한 간섭으로 다가와 나를 날선 저항감에 몰아넣는다. 나는 충분히 잘 살아가고 있다. 그의 존재 여부와 상관없이 내 인생은 여전히 이어지는데, 그런 말을 들으면 나의 시간이 한순간에 침몰한다. 그게 얼마나 큰 상처가 되는지 아무도 모른다.

그의 친구와 술잔을 기울이며 하게 되는 이야기들은 마음속에 깊이 담아두었던 진짜 나의 마음이다. 둘도 없는 친구 사이였던 그와 그의 추억 속에 내가 잠시 끼어들어 둘의 추억을 엿듣게 되기도 한다. 은호를 대신해 그를 원망할 수 있게도 해준다. 내가 세상에 하고 싶은 말을 할 수 있게 해주는 유일한 창구이다.

지금도 여전히 은호의 부재 속에서 하루하루를 버텨내고 있다. 그가 없는 세상을 조금씩 받아들이고는 있지만, 나 자신을 찾아가는 일은 정말 쉽지 않다. 흘러가는 시간 속에서 머무를 뿐이다. 이 길이 길고 아프더라도 결국 스스로 답을 찾아야 한다는 것을 알고 있다.

누구에게도, 아무에게나

요즘은 누구와도 대화하고 싶지 않다. 그에 관한 이야기를 꺼내는 순간, 그 기억들이 다시 나를 끌어내릴 것 같다. 그래서 입을 닫고 지낸다. 가족도, 친구도, 심지어 나를 아끼는 사람들도 이제는 나의 침묵에 익숙해진 듯하다. 그들은 더 이상 내게 조심스레 묻지 않는다. 우리는 서로의 침묵을 견디며 지나치기만 한다. 나 역시 그게 더 낫다고 생각했다. 다들 '좋은 뜻'에서 그가 이 세상에 없음을 나에게 알려주지만, 나는 그의 이름이 다른 사람들 입에서 나올 때마다 이유 없이 거슬렸다.

　하지만 이상하게도 때로는 이런 침묵이 나를 미치게 만든다. 누구에게도 말하고 싶지 않으면서도, 누구라도 상관없으니 그저 아무에게나 다 털어놓고 싶은 충동이 일어난다. 어떤 사람이든 상관없다. 나를 모르는 사람이라면 오히려 더 좋다. 나의 말을 그저 받아들이고 흩날려버릴 테니. 그런데도 입 밖으로 말이 나오려 하면 다시 삼킨다. 내뱉는 순간, 내 감정이 무언가 변질될까 두렵다. 내 슬픔이 내 약점이 되어 돌아올까 무서웠다.

두려움이 결국 나를 압도하며 현실로 다가온 순간이 있었다. 아이 유치원에서 들려온 이야기들이다. 시유는 매주 월요일 오전마다 유치원에서 주말에 있었던 일을 나누는 시간을 가진다고 말했다. 아이가 "나는 엄마와 공원에서 자전거를 탔다.", "이번 주에 엄마와 캐리 뮤지컬을 봤다."라고 이야기하면 아이 친구들이 "넌 아빠 없어?", "왜 맨날 엄마하고만 해?", "야, 그게 아빠 없는 거야."라는 이야기한다고 했다. 그리고 그 이야기는 금세 아이들의 부모들 입에 오르내리기 시작했다. 어느 날 "시유네 아빠 없다던데 진짜야?", "그래, 남편 없다는 소리 들었어, 근데 정말이야?"라는 수군거림이 나의 귓가에 스쳐왔다.

그들이 무심코 던진 말들은 내 마음을 깊이 상처냈다. 내 슬픔과 상실이 어느새 타인의 입에서 쉽게 소비되고 있다는 생각에 숨이 막혔다. 내 아픔이 그들에게는 그저 가벼운 대화 주제였다는 사실이 나를 더욱 고립시켰다. 사람들의 입에서 내 고통이 이렇게 쉽게 오르내리다니 내 상처가 단순한 흥밋거리로 전락한 것 같았다. 그때 나는 결심했다. 누구에게도 더 이상 말하지 않기로. 이렇게 외부로 나가면 왜곡되고, 그 속에서 나는 점점 더 작아질 뿐이라는 것을 깨달았다. 나는 더 깊이 침묵 속으로 밀려들어갔다.

그럼에도 가끔은 모든 것을 꺼내놓고 싶어질 때가 있다. 낯선 사람에게조차 말하고 싶어진다. '저기요, 제 이야기를 들어주실래요?' 하고 말하고 싶다. 내가 어떤 상처를 입었는지, 얼마나 무너졌는지, 어떻게 그를 그리워하는지를 말이다. 낯선 사람은 은호를 알지 못할 테니, 내 말을 그저 흩어져 버리는 바람처럼 들어줄 것이다. 그게 오히려 더 편할지도 모른다고 생각했다. 나는 공감이나 위로를 원하는 게 아니다. 그저 내가 누구였고, 은호가 내게 어떤 사람이었는지 이야기하고 싶은 것뿐이다. 그 이야기를 나 혼자 간직하는 것이 이제는 너무나 버겁게 느껴진다. 누군가 들어주면, 내 마음이 조금은 가벼워질 수 있을까?

그러나 동시에, 그런 말을 꺼내는 순간 그들이 나를 어떻게 볼지 생각하게 된다. 내 슬픔이 그들에게 얼마나 초라하게 보일까? 아니면 지나치게 흔한 이야기처럼 들릴까? 아니면 나의 상처가 그들의 시선 속에서 나의 약점으로 변할까? 결국 그들은 내가 겪은 것을 온전히 이해할 수 없다. 그건 나만의 것이기 때문이다. 그들의 과도한 관심과 반응은 나를 더 깊은 외로움 속으로 몰아넣는다. 그래서 나는 더 말문을 닫는다.

사람들과 대화를 나눌 때마다 느낀다. 그들이 내 이야기를 이해하려고 애쓰는 순간 오히려 나는 더욱 고립된 기분이 든다. 은호를 그리워하며 매일 그를 기억 속에서 붙잡으려 하는데 그들은 내가 그 기억에서 벗어나기를 바란다. 그게 나를 위하는 길이라고 믿겠지만 사실 그건 그들이 나의 슬픔을 쉽게 해결하려는 방식일 뿐이다. 내가 진정 바라는 건 단 하나, 누군가가 그저 내 이야기를 들어주기만 하는 것이다. 이해하려 하지 않고 위로하려 하지 않고 그저 조용히 받아들여 주는 것.

이런 모순적인 마음속에서 자꾸 길을 잃는다. 두 가지 마음이 서로 충돌할 때마다 점점 더 깊은 혼란 속으로 빠져든다. 때로는 인터넷을 뒤지다가 우연히 나와 비슷한 경험 속 상실감을 느낀다는 글을 보면 댓글을 달고 싶은 충동을 느낀다. 그 사람도 나와 비슷한 고통을 겪었으니, 나의 이야기를 조금은 이해할 수 있을까? 아니면 그것마저도 나의 마음을 다시 짓밟는 일이 될까? 결국 아무 말도 하지 못한 채 페이지를 닫는다.

나는 아직 준비되지 않았다. 상실을 공유하기에는 그 상처가 내 안에서 너무도 크고 무겁다. 언젠가는 그 이야기를 모두 꺼내어놓고 싶은 순간이 올지도 모르겠다. 그때는 누구라도 상관없이 나의 이야기를 전할 수 있을 것이다. 누구에게도 말하고 싶지 않으면서도 누군가가 나의 이야기를 들어주길 바라는 모순적인 마음. 어쩌면 그 마음에 흔들리며 나는 오늘도 혼란 속에서 나를 더 알아가는 중이다.

희미한 빛

사라진 거리

오늘의 편지 | 슬픔은 조용히 오래 머무르고

사랑은

다가가는 마음이기도 하지만

지켜보는 거리이기도 하다.

너무 가까이에서 보면 흐려지는 것들이 있고

조금 멀어질 때 오히려 선명해지는 감정도 있다.

서로의 고요를 침범하지 않을 때

존재만으로 위로가 된다는 걸

이제야 안다.

결심의 이유

이사를 결심한 이유는 단순했다. 은호와의 추억이 담긴 곳에서 더 이상 머무를 수 없을 것 같았다. 아이가 아빠 품에 안겨서 책을 읽던 거실 한편의 모습, 겨울이면 그가 덧댄 단열 필름 사이로 비치던 부드러운 햇살. 그 모든 풍경은 여전히 그대로인데 그럴수록 그가 없다는 사실만이 선명해질 뿐이었다. 그가 없는 집은 점점 나를 짓눌렀다. 누군가의 위로가 필요한 게 아니었다. 단지 잊고 싶었다. 그래서 새로운 시작을 꿈꾸며 이사를 결심했다.

이사 후 며칠은 그럭저럭 괜찮았다. 새로운 동네는 낯설었고 낯선 환경이 오히려 내 마음을 잠시 분리해 주는 것 같았다. 그와 함께한 시간이 여기에 스며있지 않으니 조금은 가벼운 느낌이었다. 내가 누구인지 어떤 상처를 가지고 있는지 아무도 알지 못했다. 그들에게 나는 그저 지나가는 얼굴일 뿐이었다. 그리고 그것이 내가 원했던 것이었다. 더 이상 누구에게도 설명할 필요가 없었다. 나의 슬픔도 그를 잃은 고통도 이곳에서는 아무 의미가 없었다.

"아무 일도 없어."

매일같이 속삭였다. 자기 최면이라도 걸듯이. 새로운 곳에서는 모든 것이 괜찮을 것만 같았다. 나에게 아무 일도 없었고 은호에게도 아무 일도 없었던 것처럼.

하지만 머지않아 익숙함이 찾아왔다. 낯선 길도 하루 이틀이면 편안해졌고 새로운 집도 금세 일상으로 변했다. 모르던 사이도 아는 사이가 되던 그제야 깨달았다. 아무리 환경을 바꾼다 해도 그가 사라진 현실은 변하지 않는다는 것을. 그가 없다는 사실은 새로운 장소로 도망친다고 해서 지워지지 않았다.

새로운 커튼이 도착했다. 이삿날보다 조금 늦게 도착한 탓에 커튼 달기는 오로지 나의 몫이 되었다. 커튼을 달기로 결심한 날, 나는 묘한 자신감으로 가득 차 있었다. '은호가 했던 거잖아. 나도 할 수 있을 거야.' 그가 신혼집에서 뚝딱거리며 커튼을 달던 모습이 떠올랐다. 웃으며 "이건 금방 끝나"라고 했던 그의 말도 함께. 그땐 그게 얼마나 쉬워 보였던지 커튼 하나 다는 일쯤이야 나 혼자서도 충분히 해낼 수 있을 거라고 확신했다. 그러나 현실은 달랐다. 커튼 봉을 벽에 고정하는 과정부터 막막했다. 처음으로 시도한 구멍은 애매한 위치에 뚫렸고 커튼 봉이 제대로 고정되지 않았다. 다시 해보겠다고 애를 썼지만, 무거운 커튼을 들고 벽에 고정하는 것은 쉽지 않았다. 나는 서툴렀고, 자꾸 균형을 잃고 실패했다. 몇 번이고 고쳐 달아보려 했지만 뭔가 계속 어긋나고 말았다.

'뭐가 이렇게 힘들지?'

손목에 힘이 빠지고 내 감정도 서서히 지쳐갔다. 처음에는 그저 짜증이 났지만, 시간이 지날수록 참았던 무언가가 서서히 터져 나오는 듯했다.

결국 주저앉아버렸다. 커튼도 널브러진 도구도 나 자신도 다 포기한 채 바닥에 앉아 눈물이 터져 나왔다. 왜 이렇게 모든 게 버거운 건지. 은호가 너무도 쉽게 했던 일이 이렇게 어려운 것이었는지. 아니면 내가 그저 부족한 것인지. 내가 그를 잃고, 그와 함께했던 모든 것을 잃고, 이제 이런 작은 일 하나도 해낼 수 없다는 사실이 참을 수 없게 답답했다. 내 인생인데 이렇게까지 내 마음대로 되는 게 없는 현실이 원망스러웠다.

'왜 하필 나에게 이런 일이 생긴 거야….' 나는 속으로 끝없이 되뇌었다. 그가 있을 때는 이런 것쯤은 아무렇지 않게 지나갔는데 이제는 그가 없다는 것만으로도 일상이 무너져 내리는 듯했다. 그와의 추억을 피해 새로운 곳에서 새롭게 시작했다고 해서 내 일상이 달라지는 게 아니었다. 오히려 그의 부재는 더 강렬하게 다가왔다. 신혼집에서 그가 뚝딱거리며 했던 일들이 하나하나 떠올랐다. 겨울이면 추위를 많이 타는 내가 추울까 창문마다 꼼꼼하게 뽁뽁이를 붙이고 보일러를 점검하던 그의 모습. 그 작은 배려들이 이제는 모두 내 몫이 되었다는 사실이 나를 한없이 무너지게 했다.

커튼 하나도 제대로 달지 못하는 나, 그런 나를 비웃기라도 하듯 자꾸만 비뚤어지는 봉. 그가 당연하게 해왔던 모든 것들을 직접 해보고 나서야 그 안에 담긴 그의 사랑과 배려가 얼마나 컸는지를 느끼게 되었다. 전에는 장을 보면 무거운 짐이 늘 그의 몫이었다. 이제 나는 배달 앱을 능숙하게 다루며 무거운 짐을 들지 않고 가장 효율적인 시간에 집 앞까지 배달해 주는 마트에서만 장을 본다. 재

활용 분리수거나 음식물 쓰레기를 버리는 일도 아이 학원 마치는 시간에 맞춰 집을 나서기 전 미리 챙기면 따로 나가 버리지 않아도 된다는 걸 알게 됐다. 욕실 전구가 나갔을 때는 잠시 모든 게 멈춘 것처럼 느껴졌다. 그가 있어야만 해결할 수 있을 것 같았던 일들이었다. 하지만 관리 사무소에 전화를 걸자 해당 전구만 구입해서 오면 교체해 주겠다고 했다. 관리 소장님의 말이 그렇게 반가울 수 없었다. 그는 떠났지만, 그가 해왔던 모든 일이 집안 곳곳에 남아 있었다. 그 일들을 하나하나 마주하며 나는 알게 되었다. 이런 소소한 일들이 쌓여서 우리의 삶을 만들었구나. 그때는 알지 못했던 것들을 그의 빈자리가 너무도 크게 느껴지는 지금에서야 알게 되었다.

그와 함께했던 추억에서 벗어나려고 했지만 결국 그럴 수 없었다. 그를 잊으려는 발걸음이 오히려 그를 더 깊이 마주하게 했다. 이사 온 집에서도 나는 그를 떠나지 못했다. 결국은 나의 상실과 마주하게 되는 것이다. 바뀐 건 벽지의 색과 창문 밖 풍경뿐이었다. 창밖으로 햇살이 들어오고, 낯선 골목에서 아이들의 웃음소리가 들려왔지만 내 안의 공기는 여전히 차가웠다. 어디를 가든 따라오는 건 기억들이었다.

그와의 시간이 어느새 몸의 일부처럼 붙었다. 낯선 집에서 하루를 시작하고, 식탁에 앉아 조용히 커피를 마시고, 창밖을 멍하니 바라보는 순간들 속에서도 불쑥불쑥 그가 나타났다. 아무 일도 없는 듯 보이지만 사실 모든 것이 달라져 있었다. 익숙한 것 하나 없는 새로운 집에서 더 이상 예전의 내가 아니었다. 고요한 일상에서 때때로 그리움이 불쑥 고개를 들었고, 나는 아무렇지 않은 듯 다시 하루를 이어나갔다.

'괜찮아, 아무 일도 없어.'

그건 누군가에게 보여주기 위한 말이 아니라, 그저 오늘 하루를 무사히 살아내기 위한 나만의 작은 주문이었다.

찰나여서 찬란했던

닫아두었던 블로그를 다시 열었다. 어느새 한참 지난 시
간 속에 나와 그의 이야기가 고스란히 담겨 있었다. 결혼
준비 과정부터 신혼의 일상, 그와 함께했던 날들이 글로
차곡차곡 쌓여 있었다. 그때의 내가 어떤 생각을 하고 있
었는지, 그날의 우리가 어떤 순간에 웃고 있었는지 확인
하는 일이 두려워 나는 블로그를 닫고 모든 게시물을 비
공개로 돌린 채 한동안 접속하지 않았다. 다시 열기까지
는 꽤 오랜 시간이 필요했다. 시간이 지나니까 문득 그때
의 내가 궁금해진 걸까. 용기를 내어 블로그에 들어갔다.

　화면 속에서 나는 환하게 웃고 있었고 그도 따스한 미
소로 나와 함께 있었다. 그 시간은 멈춰있었고 글 속의 우

174

리는 여전히 살아 움직였다. 댓글에는 나의 행복을 부러워하는 사람들, 그리고 나의 슬픔에 함께 눈물 흘리는 사람들이 있었다. 마치 시간이 이곳에서만큼은 흐르지 않은 것처럼.

특히 결혼 100일을 기념해 함께 다녀왔던 거제도 여행 이야기는 내 블로그 글 중에서도 가장 많은 조회수를 기록했다. 그때의 나는 하루하루를 기록하는 것만으로 충분했다. 거제도 여행은 특별하지 않아도 모든 것이 완벽한 날들이었다. 파란 하늘과 따뜻한 바람, 봄 한가운데에 우리가 있었다. 그날의 모든 순간이 우리에게 기울어져 있는 듯했다. 가는 곳마다 사진을 찍고 열심히 검색한 맛집에서 점심을 먹고 숙소에 도착해서 잠시 낮잠을 청했다. 그리고 호텔에서 저녁을 먹은 후 우리는 결혼하고 처음으로 크게 싸웠다.

지금 돌아보면 별것 아닌 일이었을 텐데 그날은 어쩐지 평소보다 더 예민하게 반응했던 것 같다. 싸운 뒤 호텔 방 안의 공기는 처음 도착했을 때와는 전혀 달랐고 우리는 서로의 낯선 면을 처음 마주하며 크게 요동치고 있었다. 연애할 때도 싸운 적이 거의 없었던 우리가 부부가 된 후 처음으로 크게 부딪쳤고 같은 공간에서 차가운 밤을 맞이했다.

아침이 되자 그가 먼저 말을 꺼냈다.

"우리 결혼하고 이렇게 여행하러 온 게 처음인데 서로 마음 상하게 하지 말자. 내가 잘못했어. 오늘은 재미있게 잘 보내고 집에 가자."

"그래, 나도 미안해. 별일 아닌데 괜히."

주변 공기가 조금씩 부드러워지면서 우리의 얼굴에는 부끄러움과 미안함이 함께 스며들었다. 어색한 웃음이 터져 나왔고 가까운 편의점에 들러 아이스크림 하나를 사서 서로에게 사과를 전하며 꽉 안아주었다. 그렇게 우리는 '부부 싸움은 칼로 물 베기'라는 말을 처음으로 실감하며 화해했고 계획대로 지심도로 향했다. 사실 우리가 거제도에 간 이유는 동백꽃이 유명한 지심도에 가기 위해서였다. 그날 우리는 지심도를 한 바퀴 구경한 뒤 정상에 있는 작은 매점에서 막걸리와 파전 그리고 라면을 두고 마주 앉았다. 막걸리 한 잔에 쌓였던 서운함도 조금씩 풀렸고 따뜻한 라면 국물을 삼킬 때마다 싸늘했던 마음도 스르르 녹아내렸다.

우리는 서로 전날의 일을 사과했다. 그리고 앞으로의

미래에 대해 이야기를 나누었다. 그 순간 바람이 뺨을 스치고 살갗에 닿는 기운이 얼마나 시원하고 부드러운지. 영원할 것만 같았다. 마치 내일도, 그 이후의 날들도 항상 우리 앞에 펼쳐져 있을 듯이 당연하게 여겼다. 우리는 정상에 앉아 서로의 생일이 있는 매해 3월엔 바빠도 꼭 시간을 내어 여행을 다니자고 약속했다.

돌아오는 배 위에서 나는 여전히 들뜬 기분이었다. 뱃멀미가 심해 늘 잔뜩 긴장한 채 도착시간만을 바라보던 나였지만 그날은 짧은 여정이라서였을까 아니면 그와 함께했던 시간이 너무 즐거웠던 탓이었을까. 푸른 물결이 배 아래서 출렁이는 소리도, 바람이 불어오는 소리도 나를 어루만져 주는 것 같았다. 블로그에는 그날의 기억이 많은 사진과 함께 기록되어 있었다. 사진들 속에서 우리는 여전히 웃고 있었다. 그 웃음소리마저 생생하게 들려오는 것 같았다.

이런 이벤트가 있는 날만 특별한 것은 아니었다. 평범한 날의 끝자락에도 늘 그가 있었다. 아무리 더워도 포근한 이불을 꼭 덮고 자야 하는 나를 위해 그는 자다가도 내가 이불을 잘 덮고 있는지 확인했다. 혹시 발이 차가운 건 아닌지 잠결에도 내 발을 살짝 만져보고는 수면양말을 신겨 주곤 했다. 내가 묶은 머리카락의 잔머리가 풀려 얼굴을 덮으면 그는 언제나 조심스럽게 내 머리카락을 귀 뒤로 넘겨주었다. 그 작은 행동이 사랑이라는 것을 그땐 알지 못했다. 그가 나에게 준 사랑을 당연하게 여기던 글을 다시 읽을 땐 가슴이 쩌릿했다.

블로그는 내가 임신한 이후로 멈춰 있었다. 그때 나는 입덧이 너무 심해 블로그를 잠시 멈췄을 뿐이었는데 언제든 다시 육아와 우리의 이야기를 함께 기록할 수 있을 거로 생각했다. 그의 이야기도 시간이 지나면 언젠가 편하게 할 수 있을 거라 믿었다. 그러나 블로그는 몇 년이 지나도록 열리지 않았다. 아니, 열 수 없었다.

그때 우리는 찬란한 순간들이 얼마나 덧없이 빠르게 사라질지 알지 못했다. 너무나 화창하고 눈부시기만 했던 그 봄날, 우리가 함께 보낼 시간이 그렇게 짧을 줄은 상상조차 할 수 없었다. 그가 떠난 후 이렇게 남아 있는 기록들이 너무 싫었다. 다시는 돌아갈 수 없는 시간 속에서 행복했던 우리가 나의 눈앞에 생생하게 펼쳐질 때마다 마음 한구석이 베여나가는 듯했다. 그 기록들이 너무나 선명해서 오히려 나를 더 깊이 아프게 만들었다.

그러나 지금은 그때의 기록들이 우리 시간의 찬란함을 다시 한번 떠올리게 해주는 것 같다. 그 순간들은 더 이상 아픔으로만 남아 있지 않다. 오히려 그 짧고도 빛났던 시간을 더욱 소중하게 기억하게 만든다. 어쩌면 우리가 함께했던 날이 너무나 짧았기 때문에, 그래서 더 눈부시게 기억되는 것일지도 모른다. 찰나의 봄날이기에 더 찬란하게 빛났던 우리의 청춘 기록이었다.

그리고 이제야 나는 그 시간을 소중히 간직할 준비가 된 것 같다.

우리 가족

남편의 첫 번째 수술과 치료가 끝나고 한숨 돌릴 수 있을 것 같던 무렵이었다. 회사로 출근해서 업무를 시작하려던 그 순간, 엄마에게서 전화가 걸려 왔다.

"민아야, 아빠가 어젯밤부터 배가 너무 아팠대. 오늘 아침 병원에 같이 왔는데 큰 병원으로 가보라네, 좀 알아봐 줄 수 있을까?"

엄마의 평온한 목소리 뒤에 숨겨진 긴장감이 느껴져 순간 심장이 내려앉았다.

"어디가 어떻게 아픈데?"

"어젯밤에 회를 먹고 체한 줄 알았는데… CT 찍어보니까 대장암이래. 큰 병원에 가서 더 자세히 알아보라는데 예약 좀 해줄래?"

'대장암.'

그 단어가 내 머릿속에서 메아리쳤다. 시간이 멈춘 것처럼 손끝이 차가워졌다. 숨을 깊게 들이마셨다.

"알겠어, 금방 알아보고 연락할게."

전화를 끊고 한동안 아무것도 할 수 없었다. 책상 위의 서류를 집던 손은 얼어붙은 것 같고, 평소 익숙하던 사무실의 소음은 갑자기 멀게 느껴졌다. 내 안에서 서서히 공포가 피어오르는 것을 애써 억누르며 병원을 알아보기 시작했다. 그렇게 아빠도 대장암 4기라는 진단을 받았다. 수술과 항암을 시작했을 때는 이미 간으로 전이된 상태였다.

아빠는 키가 크고 체격도 좋았다. 어릴 적 아빠의 넓은 어깨에 올라타던 기억이 뚜렷했다. 그러나 수술 후 하루 아침에 쇠약해진 아빠를 보며 또 한 번 좌절했다. 이전에 그렇게 강해 보이던 아빠가 이제는 힘겨워 보였고, 나는 어찌할 바를 몰랐다. 힘든 일은 한 번에 온다더니 정말 그랬다. 하지만 수술 후 빠르게 회복하더니 항암을 받는 중에도 이전보다 더 건강한 모습을 되찾았다. 그렇게 아빠에게서 병이 사라져 갈 때쯤 은호가 떠났다. 언제 뒤틀려

버려도 이상하지 않을 만큼의 마음 상태의 나를 감당할 수 없을 때 아빠는 묵묵히 내 뒤에서 시유를 돌봐주며 말 없는 아픔을 알아차리려 애썼다.

엄마, 아빠, 시유, 그리고 나. 우리는 그렇게 작은 가족으로서 서로의 빈자리를 채워가며 여행을 다녔다. 경주, 거제, 통영, 진주, 제주… 어디든 떠날 수 있는 곳이라면 주저하지 않았다. 그 여정 속에서 아빠의 정기검진도 계속되었고, 그러던 중 재발 소식을 들었다. 또다시 항암이 시작되었고 병원에 입원과 퇴원을 반복하다 아빠는 다시 퇴원하지 못하는 날을 만나게 되었다.

코로나로 인해 면회는 제한되었고 병간호는 온전히 엄마의 몫이었다. 나에게 병원은 차가운 벽과 낯선 기계음이 가득한 쓸쓸하고 외로운 공간이었다. 희망은 늘 잠깐 머물다 사라졌고 절망은 빈틈을 놓치지 않고 다시 찾아왔다. 한 사람을 떠나보내고도 아직 충분히 슬퍼하지도 못했는데 또 다른 이별의 그림자가 내 앞을 드리우고 있었다. 은호를 잃을 때처럼 아빠 앞에서도 나는 아무것도 할 수 없는 무력한 사람이 되어 있었다.

그런데 이상하게도, 은호를 보낼 때처럼 깊고 벼랑 끝

같은 슬픔이 아니었다. 아빠를 향한 감정은 어딘가 조금 덤덤했다. 나는 이미 지칠 대로 지쳐 있었고 슬픔을 한거번에 감당하기엔 마음의 자리가 너무 좁아져 버렸던 탓일지도 모른다. 그렇게 감당하지 못한 감정들을 밀어두며 또 다른 상실을 맞이하고 있었다.

아빠가 떠나신 후에 우리는 가족끼리 조용히 모였다. 엄마가 장례식에 대해 말했다.

"아빠랑 장례식 얘기했는데 그냥 가족장 하기로 했어. 많은 사람 불러서 이런저런 말 듣고 싶지 않아. 우리끼리 조용히 보내드리자."

엄마는 목소리를 떨며 마지막으로 아빠와 나눈 이야기를 전했다.

우리 다 같이 침묵으로 동의했다.

부모님은 당신의 죽음과 배우자의 죽음 앞에서도 내 상처를 먼저 생각하셨다. 그렇게 나를 보호하고자 했다. 혹시나 내 이름 옆에 남편의 이름이 빠진 것을 본 사람들이 수군거리고 그로 인해 내가 다시 상처받을까 걱정하셨다. 남편의 죽음이 조용히 지나가길 바라던 내 마음을 아빠는 누구보다 잘 알고 있었다. 모든 게 나를 배려한 선택이었다.

장례식 날, 우리는 상주 명단에 배우자의 이름을 쓰지 않았다. 오직 자식들의 이름만을 올려놓았다. 그렇게 하면 사람들이 내 남편에 대해 궁금해하지 않을 것이고 나 역시 그들의 시선과 말들에 상처받지 않을 수 있을 테니까. 많은 사람이 오지는 않았고 가까운 가족들만이 함께했다. 하지만 그 이후 장례식에 다녀간 작은 형님과 통화하면서 느낀 묘한 감정은 나를 깊은 혼란에 빠뜨렸다.

"민아야, 정말 고생 많았다. 그런데 사람이 너무 없어서 아버지 가시는 길이 조금 쓸쓸하지 않았을까 싶더라. 원래 장례식은 북적북적해야 하는 건데…."

형님의 말에 나는 한동안 아무 말도 하지 못했다. 아빠가 외롭게 떠난 건 아닐까, 가족장으로 진행된 장례식이 정말 최선이었을까. 고요한 침묵 속에서 마르지 않는 내 눈물은 또다시 흘러내리고 있었다.

아빠의 마지막 순간에도 나는 여전히 내 상처만을 생각하고 있었던 것일지도 모른다. 남편을 보내고 아빠마저 떠나가는 그 순간에도 나는 결국 사람들의 시선이 내게 미칠까 봐 두려워하고 있었다. 아빠가 떠난 자리마저 온전히 받아들이지 못한 채 끝까지 나만의 아픔 속에서 허우적대고 있었다.

아빠가 떠난 후 나는 다시 은호를 떠올렸다. 은호가 떠났을 때는 세상이 무너진 것 같았고 모든 것이 멈춰버렸다. 그를 잃었다는 현실을 받아들이기 힘들어 한동안 아무것도 하지 못하고 그 슬픔 속에서 허우적댔다. 그런데 아빠의 죽음 앞에서는 이상하게도 그렇게까지 무너지지는 않았다. 눈물이 나왔지만, 그때만큼 절절하지 않았다.

내가 너무 지쳐서였을까? 아니면 그동안 슬픔에 익숙해져서였을까? 아빠와 함께했던 시간도 애써 곱씹으려 하지 않았다. 오히려 마음 한구석에서 안도하는 나를 발견했다. 상처받지 않기 위한, 나 자신을 보호하기 위한 회피였다.

은호의 죽음 앞에서는 세상이 멈춘 것 같았지만, 아빠의 죽음은 그저 지나가 버린 하나의 사건처럼 느껴졌다. 마치 내가 그 슬픔에 익숙해져 버린 듯했다. 하지만 그 익숙함 속에서 나는 죄책감을 느꼈다. 은호를 잃었을 때처럼 아빠를 애도하지 못한 나 자신이 부끄러웠다. 슬픔마저 점점 무뎌져 버린 내가 스스로 초라하게 느껴졌다.

그리고 그 순간 마음속에서 울컥하며 말이 튀어나왔다.

"딸 키워봐야 소용없네!"

입 밖으로 내뱉고 나서도 나는 그 말을 내가 했다는 사실이 믿기지 않았다. 마치 그 순간, 나 자신을 외면했던 수많은 감정이 한꺼번에 쏟아져 나온 것 같았다. 아빠는 아픈 몸으로도 조용히 나와 시유 옆을 지켜주었다. 그런 아빠 앞에서 나는 끝까지 내 슬픔만을 끌어안고 있었다. 어쩌면 어릴 적 아빠가 내 머리를 묶어주고 손을 잡고 학교를 데려다주던 기억들, 늦은 밤이면 어느 곳에 있어도 나를 데리러 와주던 그 모습들이 아직도 내 기억 속에 남아 있었기에, 시유에게는 그런 아빠가 없음이 더 절실하게 마음에 담겼는지도 모르겠다. 그런 마음은 나를 더 초라하게 만들었다. 사실은 사람들의 시선이 두려웠던 게 아니라, 그 시선 속에 나를 가두고 있었다는 걸 깨닫는 순간이었다.

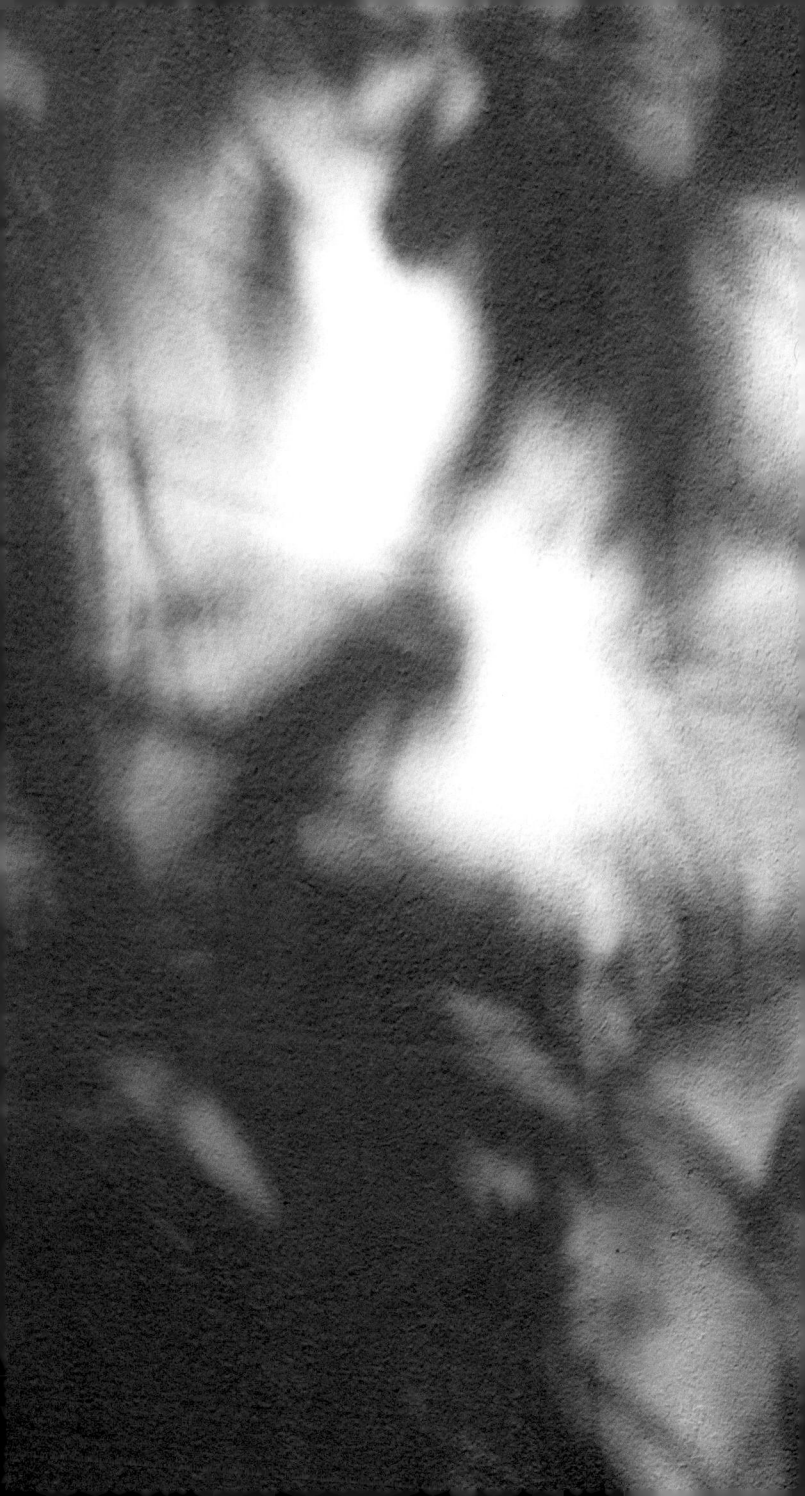

가깝고도 먼 사이

얼마 전, 시댁 식구들과 만나 대화를 나눌 자리를 마련했다. 은호가 떠나고 이렇게 마주 앉는 건 처음이었다. 왜냐하면 작년 여름 이후로는 시댁에서 아이에게 아무런 연락을 하지 않았기 때문이다. 처음엔 일주일에 한 번, 이주일에 한 번, 한 달에 한 번, 그러다 몇 달에 한 번씩 아이와의 만남이 점점 줄더니 이제는 여섯 달이 넘도록 그들로부터 연락이 없다. 우리는 어쩌면 서로를 피하는 사이가 되어버린 것 같았다. 은호가 있을 때와 없는 지금, 시댁과의 관계는 완전히 달라졌다.

아들을 잃은 부모와 동생을 잃은 형제들, 그리고 남편을 잃은 내가 남았다. 서로의 상처에 갇혀 다른 누군가를 돌아볼 여유가 없었을 거로 생각했다. 그렇다고 해도 아이는 다르지 않은가, 마음속에 질문들이 계속 맴돌았다.

아이와 시댁이 자연스럽게 연락할 수 있기를 원했다. 시유가 상처받지 않기를 바랐다. 고모에게 미리 전화를 걸어서 만나기 좋은 날을 잡아주면 좋겠다고, 아이가 나서기 전에 어른들이 먼저 연락해 주길 바란다고 수없이 이야기했다.

아이에게서 가족의 존재를 완전히 지워버리고 싶지는 않았다. 그간 마음속에 담아두었던 것들을 그들이 알아주었으면 했던 진심을 전해야겠다고. 마음을 다잡고 자리에 앉았다.

대화는 아이의 근황으로 시작되었다. 어른들의 염려와는 달리 아이는 씩씩하고 야무진 모습으로 잘 자라고 있었다. 문제는 언제나처럼 어른들이었다.

조심스럽게 어머님께 물었다.

"어머님, 먼저 하고 싶으신 말씀이 있다고 하셨었죠. 말씀해 주세요."

어머님이 숨을 고르며 말했다.

"나는 애가 보고 싶은데 네가 왜 안 보여주나 싶었다. 대체 왜 우리한테 이렇게 멀어지려 하니?"

숨이 막히는 듯했다. 예상했던 이야기였으나 여전히 답답함이 밀려왔다. 나는 수없이 말했다고 생각했지만 내 마음은 그들에게 닿지 않은 모양이었다. 그들은 아직도 내가 아이를 일부러 보여주지 않는다고 판단했다.

옆에 있던 작은 형님이 말을 보탰다.

"네가 먼저 연락하라고는 했지만, 우리가 연락하기도 쉽지 않았어. 너랑 시유가 둘이 잘 지내는데 우리가 방해하는 건가 싶어서 자연스럽게 연락을 안 하게 된 거야."

내 목소리는 평소보다 차분하고 낮게 흘러나왔다.

"저는 지금까지 단 한 번도 아이에게 가족이 없기를 바라지 않았어요. 아빠가 곁에서 떠난 건 어쩔 수 없는 일이지만, 할머니, 할아버지, 고모, 큰아빠… 모두 아이 곁에 있기를 원했어요. 사랑받고 자라기를 원하죠."

잠시 침묵이 흘렀다. 내 말이 조금은 그들의 마음에 닿았기를 바라며 숨을 고르고 말을 이었다.

"아이를 보여달라고 하면 언제든지 보여드린다고 했어요. 그런데도 지금까지 연락하시지 않으셨기에 오늘은 저도 말씀드려야겠다고 생각했어요."

작은 형님이 잠시 눈길을 피하더니 답했다.

"우리는 네가 우리 피한다고 생각했어. 너랑 시유만 단

둘이 있고 싶어 하는 것 같기도 하고… 사람들이 그러더라고, 새 인생 살려고 하는데 할머니, 고모랍시고 애한테 자꾸 보자고 하는 게 부담스러운 거라고. 우리가 배려하는 게 맞는다고 생각했는데…"

속에서 거친 말들이 솟구쳤다. 배려라니, 그들의 섭섭함을 이해할 수는 있었지만, 배려라고 믿는 그 태도들이 오히려 내게 얼마나 큰 상처를 주었는지 그들은 알까.

"어머님께서 항상 전화를 주실 때마다 저는 상처받을 준비를 하고 전화를 받아요. '너는 하나 있는 애 키우는 게 뭐가 힘드냐, 아직 노냐, 아들 먼저 보낸 부모 마음을 너도 이해해라.' 이런 말씀을 하실 때마다 저는 말이 없어요. 할 말이 없어서가 아니라 옆에 시유가 있으니까요."

나는 속에서 계속 맴돌았던 가장 아픈 말을 조심스럽게 꺼냈다. 처음이었다.

"그리고… 어머님께서 시유 아빠 아픈 게 저와 결혼한 탓이라고 하셨던 거, 저 지금까지 아무한테도 말 못 했어요. 그게 정말 제 탓일까 봐."

말을 끝내기도 전에 터진 눈물을 멈출 수 없었다. 처음 입 밖으로 꺼낸 말에 심장이 터질 듯 요동쳤다. 울고 싶지 않았지만 내 상처를 말하니 더 이상 참을 수 없었다. 목소리가 떨렸고 감정을 억누르려 할수록 더 흐트러졌다.

어머님은 잠시 멈칫하더니 입을 열었다.

"아니, 나 그런 말은 안 했다. 그냥 굿 한 번 하고 오라고 는 했지."

아니라는 그 말이, 내가 어렵게 꺼낸 진실을 다시 묻어 버렸다. 작은 형님은 놀란 표정으로 나를 바라보았다.

"우리 엄마 그런 사람 아니야. 엄마도 그때는 너무 놀라서… 그래도 너한테는 큰 상처가 됐겠네. 미안해."

눈물이 더 이상 멈추지 않았다. 사과나 위로를 받고 싶어서 한 말이 아니었다. 상처는 깊었고 누구도 그 상처를 이해하지 못한 채 시간이 지나버렸다. 우리는 서로의 아픔을 바라보며 대화를 이어갔다.

대화가 길어지면서 작은 형님은 내가 힘겹게 꺼내놓은 말을 애써 수습하려는 듯 말했다.

"우리는 너를 배려한 거야."

나는 힘겹게 미소를 지었다.

"저는 상처받은 채로 웃고 아무렇지 않은 척하는 그런 사람은 못돼요. 그동안 형님이 저를 배려하셨다고 하셨지만 제가 느끼기엔 그 배려 한 번도 받지 못한 것 같아요. 제가 아무리 제 마음을 말해도 그것과 상관없이 형님이 저를 마음대로 판단하신 게 아닐까요?"

배려라고 하는 행동은 사실 나를 더 외롭게 만들었다. 그들의 배려는 내가 아닌 그들 자신을 위한 배려였음을 깨달았다. 어떤 말들은 무의식이라는 핑계로 덮어질 수 없었다. 무의식이란 분명 의식과 연결된 감정이 숨겨졌다가 나오는 것일 테니. 그들에겐 그저 지나가는 말일 뿐일지라도 내게는 평생 남을 상처였다. 수많은 말이 오고 갔지만 결국 이 자리의 목적은 단 하나였다.

"저와는 별개로 시유가 많은 가족들 사이에서 사랑받으며 자라기를 원해요. 지금은 어리지만 크면 볼 날도 점점 줄어들지 않을까 생각해요."

작은 형님은 고개를 끄덕이며 말했다.

"너에게 내가 알지 못하는 그런 일들이 있는지 몰랐어. 우리가 잘못한 부분이야. 너무 마음에 담아두지 마. 시간도 많이 지났으니 좀 가볍게 살아가면 좋겠어. 이제는 언제든 부담 없이 연락할게. 나도 얼마나 보고 싶었는데."

우리의 대화는 그렇게 두 시간을 넘겼고 어색한 침묵으로 마무리되었다. 자리에서 일어나면서도 여전히 속에 남은 수많은 말들이 뒤엉켰다. 하지만 아이가 웃는 얼굴로 가족들 품에서 지낼 수 있기를 바라며 마음을 추슬렀다. 가족이라는 이름으로 묶였지만, 우리의 거리는 여전히 멀었다. 그런데도 나는 시유를 위해 이 관계를 지켜나가기로 결심했다. 때로는 거리가 멀어도 그 끈이 완전히 끊어지지 않도록 말이다. 단 한 가지 바란다면 그 끈이 더 이상 나를, 서로를 생채기 내지 않기를 바란다.

말할 수 없는 비밀

아이에게 처음 거짓말을 한 날이 떠오른다. 시유는 세 살부터 아빠가 없었다. 그런 시유가, 똑바로 나를 바라보며 "아빠 언제 돌아와?" 하고 묻던 눈빛이 잊히지 않는다. 아이의 순수한 눈빛을 외면하고 싶었던 순간, 나의 시선은 마치 죄를 짓는 사람처럼 바닥에 떨어졌다.

"아빠는 지금 멀리 있는 곳에서 일하고 있어. 그래서 오려면 아주 오래 걸릴 것 같아."

말을 내뱉고 나서 나는 가슴 깊이 안도했지만, 동시에 이유를 알 수 없는 묵직함이 내 안에 자리 잡았다.

'이게 과연 아이를 위한 선택이 맞는 걸까?'

대답을 피하고 싶었던 나는 묵묵히 그 거짓말을 감췄다.

시간은 흘러 네 살, 다섯 살이 되자 시유는 아빠를 덜 찾기 시작했다. 유치원 친구들에게 아빠가 먼 곳에 있다고 소개하는 시유를 보고 나는 한편으로 안도했다. 조금만 더 기다리면 괜찮아질 것 같았다. 그렇게 하루하루 반복되는 일상에 스며들며 아빠를 향한 아이의 그리움도 희미해지겠다고 여겼다. 그러나 여섯 살, 일곱 살부터는 아이가 아빠의 부재를 자신의 탓으로 돌리기 시작했다.

"엄마, 아빠는 나를 보고 싶지도 않은가 봐. 돈 없어도 괜찮은데… 아빠가 나를 싫어하는 걸까?"

그 말을 듣는 순간 심장이 내려앉았다. 아이가 말하는 동안 나는 숨을 멈춘 채로 아이의 작은 손을 쥐고 흔들리는 목소리로 말했다.

"아니야, 아빠는 시유를 정말 많이 보고 싶어 할 거야. 그저, 아빠가 연락할 수 없는 곳에 있을 뿐이야."

아이를 위한 위로라며 내뱉은 그 말은 사실 내가 믿고 싶었던 거짓이다. 하루를 또 무사히 넘겼다는 사실에 안도하는 나 자신이 너무도 이기적으로 느껴졌다. 진실과 마주할 용기가 없었던 나로 인해 아이는 돌아오지 않을 아빠를 그리며 기다림 속에서 자신을 탓했다.

어느 날 아빠의 사진을 보면서 미소 지으려 애쓰는 시

유를 발견하고 깨달았다. 나는 아이에게 진실을 말할 준비를 해야만 한다는 걸. 그날 밤, 아이가 깊이 잠든 얼굴을 바라보며 묵직하게 쌓인 마음의 갈등을 한참 동안 곱씹었다. 나는 왜 진실을 숨겨왔을까? 정말로 시유를 위한 것이었을까, 아니면 진실을 말함으로써 내가 감당해야 할 슬픔을 피하고 싶었던 걸까. 나를 위한 핑계에 불과했다는 걸 깨달으며 숨이 막혔다. 며칠 밤을 그렇게 뒤척이다 드디어 진실을 말할 용기를 내기로 했다.

어느 저녁, 함께 잠자리에 들기 전 시유가 먼저 물었다.

"엄마, 아빠는 혹시 하늘나라에 가신 거야?"

아이가 어떻게 이 질문을 하게 됐는지는 알 수 없었다. 다만 이제 마주해야 할 순간이 왔음을 직감했다. 숨을 고르고, 떨리는 마음을 억누르며 아이의 작은 손을 잡았다. 시유의 눈동자에 어리둥절함과 슬픔이 얽혀 있었지만, 그 속엔 진실을 알고 싶어 하는 애타는 마음이 깃들어 있었다.

"시유야, 엄마가 하고 싶은 이야기가 있어."

아이의 손을 잡고 마주 앉아서 천천히 말했다. 아이가 받아들일 수 있을 만큼 조심스럽게, 그리고 애써 담담한 목소리로 진실을 꺼내기 시작했다.

"아빠가… 많이 아팠어. 열심히 치료도 받고 수술도 했는데… 그게 잘되지 않았어. 그래서 더 이상 아프지 않도록 하늘나라로 가게 됐어. 아빠는 시유를 너무너무 사랑했거든. 항상 하늘에서 시유를 지켜보고 계실 거야."

시유는 나의 눈을 바라보았다. 그 눈빛 속에 어리둥절함과 서운함, 그리고 슬픔이 복잡하게 얽혀 있었다.

"엄마, 근데 왜 우리 아빠만 그렇게 된 거야? 다른 친구들 아빠는 다 있는데… 우리 아빠 늙지도 않았잖아."

그 말에 나는 목이 메었다. 떨리는 손으로 시유의 볼을 만져주었다.

"이건 누구의 잘못도 아니야. 시유가 감기에 걸리는 게 시유의 잘못이 아니듯이, 아빠가 아픈 것도 그냥 일어난 일이었을 뿐이야."

나는 깊은숨을 쉬며 아이를 부드럽게 안아주었다.

"죽는다는 건 무서운 일 같지만, 사실은 자연스러운 일이야. 모든 생명은 태어나면 언젠가는 떠나는 시간이 오는 거니까. 다만 그 시간이 사람마다 다른 것뿐이야. 어떤 아이는 태어나자마자 하늘로 가기도 하고, 어떤 어른은 아주 나이가 들고서야 하늘로 가는 것처럼. 저마다 주어진 시간이 있고 아빠는 그 시간에 닿은 거였어."

"거북이는 100살이나 살잖아, 근데 왜 아빠는…"

"모든 거북이가 100살을 정확하게 살지는 못해. 오래 오래 사는 게 좋겠지만 우리 모두 결국에는 떠나야 하는 거야. 이상한 일이 아니라 당연한 일이야."

아이 눈에 맺힌 눈물이 볼을 따라 흘러내렸다. 그제야 아이가 조금씩 나를 안아오며 말했다.

"엄마도, 나도 다 죽어?"

"그럼, 우리도 언젠가는 다 죽을 거야. 그러니까 죽는 다는 건 무섭거나 두려운 일은 아니야. 세상의 모든 생명 은 모두 죽게 돼. 이건 태어나는 순간부터 결정된 거야."

죽음이란걸 알 수 없는 아이는 죽음에 대해 더 묻기 시 작했고 나는 아이가 두려워하지 않도록 자연스러운 일이 라는 걸 강조했다.

"그럼… 아빠는 이제 안 아프겠네?"

"응, 이제 아빠는 아프지 않고 편안하게 시유랑 엄마를 지켜주고 계실 거야. 그리고 언제나 하늘에서 시유가 잘 자라고 있는지 보고 계실 거야."

나는 아이의 작고 따뜻한 몸을 조심스럽게 감싸안았 다. 아이는 나의 귀에 대고 조그맣게 속삭였다.

"그래도… 아빠가 옆에 있으면 좋겠어. 아빠가 있으

면… 정말 좋을 텐데….”

“엄마도 아빠가 같이 있으면 정말 너무 좋겠어. 그래도 시유랑 엄마가 씩씩하게 웃으면서 잘 지내면 아빠도 너무 좋아할 것 같아. 우리가 슬퍼만 하고 있으면 아빠가 더 속상하겠지?”

시유는 눈가에 맺힌 눈물을 흘리며 고개를 끄덕였다. 어린 마음으로 이해하려는 듯 아빠가 멀리서 자기를 지켜볼 것이라는 나의 말을 되뇌는 듯했다. 우리는 서로의 슬픔을 온전히 마주한 채, 그동안 감춰왔던 아픔을 녹여내듯 서로의 온기에 기대어 한참을 그렇게 울었다. 서로를 껴안고 오랫동안.

나의 남편이자 시유의 아빠인 그의 이야기를 더는 숨기지 않아도 된다는 안도감이 밀려왔다. 그리고 이제는 시유가 아빠를 미워하지 않아도 된다는 사실에 마음이 놓였다. 시유는 그날 이후로 더는 아빠를 기다리며 아파하지 않았다. 오히려 하늘에서 자신을 보고 있을 아빠를 생각하며 한결 씩씩하게 또 더 많이 웃음 짓는 모습을 보여주었다. 우리는 남편이 남긴 사랑의 연장선 위에 서 있었다. 이제 그 비밀은 혼자가 아닌 우리의 것이 되었다.

물로 그린 그림

'시간이 지나면 괜찮아질 거야, 산 사람은 살아야지'라는 말은 나에게 위로가 되지 못했다. 물론 주변 사람들은 그들의 방식으로 위로한 것이다. 내가 무너지지 않기를 바라는 마음이었을 것이다. 그들의 진심을 모르는 것은 아니었지만 그 말들이 당시 나에게는 오히려 차갑고 무책임하게 느껴졌다. 나와는 다른 곳에서 살아가고 있는 그들이, 본인들의 일이 아니기에 이렇게 쉽게 말할 수 있는 것인지 의문이 들었다. 그들이 말하는 '괜찮아진다'라는 그럴싸한 위로 속에 나는 결코 속할 수 없었다.

은호 없는 지금, 당장 눈앞에 닥친 현실을 견디는 일이 얼마나 버거운지 아무도 몰랐다. 누구도 나를 이해하지 못했다. 이해할 수도 없었다. 나는 오히려 그를 잊지 않겠다는 다짐으로 버티고 있었다. 시간이 지나면 기억에서조차 그의 모습이 흐릿해질까 두려웠다. 쉽게 던져진 위로는 아무런 힘이 되지 않았다. 시간이 해결할 수 없는 고통이 있다는 것을 누구도 알려주지 않았다. 매 순간, 그의 부재가 선명하게 다가오며 나를 잠식해 갔다. 은호와 내가 함께하던 모든 일상이 고스란히 상기시키고 있었다.

우리는 연애 시절부터 함께 가던 특별한 단골집이 있었다. 수제 돈가스집이었고 그곳은 우리에게 소중한 장소였다. 매장의 위치가 바뀌어도 그곳을 찾아가며 연애, 결혼, 임신, 그리고 시유의 출산까지도 함께했던 기억들이 켜켜이 쌓여 있었다. 우리는 가게의 모든 메뉴를 섭렵하며 웃고 이야기했다. 그 과정에서 사장님과도 친분을 쌓아갔다. 막 연애를 시작했을 무렵 서먹하게 앉아 이야기를 나누었던, 결혼 준비 과정에서 짬을 내어 찾아갔던 곳이다. 그의 수술을 마치고 처음 외식을 하던 때도, 입덧으로 고생하고 있을 때도, 아이를 낳고 처음으로 셋이 함께 찾았을 때도 모두 생생하게 기억났다. 그러나 은호가 떠나고 난 뒤, 그곳을 한 번도 찾아가지 못했다. 그의 부재가 선명한 곳에서 혼자 남겨질 내가 두려웠다. 그리고 그와 함께했던 기억이 나를 짓누를까 무서웠다.

그러던 어느 날 용기를 내어 그곳을 다시 찾아갔다. 마음속에서 상상만 했던 일이었기에 발걸음을 떼는 일이 몹시 무겁게 느껴졌다. 문을 열고 들어서는 순간부터 마음은 이미 뒤엉켜 있었다. 언젠가는 이곳을 혼자서라도 마주해야 한다고 생각했지만, 현실로 다가온 이 순간이 이렇게 어려워질 줄은 몰랐다.

"오늘은 남편분이랑 같이 안 오셨네요?"

사장님의 자연스러운 물음에 나는 잠시 멈칫했다. 어색하게 미소 지으며 무심히 답했지만, 그 짧은 인사 한마디가 내 마음 깊숙이 묵직하게 내려앉으며 무언가가 끊어지는 듯 아픔이 밀려왔다. 지금껏 단단해졌다고 생각했던 마음이 마치 얇은 막처럼 속수무책으로 부서져 내렸다. 사장님은 아무것도 모른 채 단골로 자주 찾아왔던 우리의 흔적을 기억하며 환대해 주었는데, 그 따뜻한 인사가 오히려 견디기 힘들 만큼 서글프게 다가왔다.

음식이 나온 뒤에도 나는 한동안 젓가락도 들지 않은 채 바라볼 수밖에 없었다. 앞에 놓인 음식이 마치 그가 있을 자리를 잃어버린 것처럼 텅 비어 보였다. 마주한 이 자리에 그의 부재가 더욱 선명하게 느껴지면서, 그가 있다면 어떤 표정으로 이 음식을 먹고 나에게 무슨 말을 건넸을지 떠올리게 됐다. 머릿속에서만 그가 살아 움직이는 괴리감은 너무도 커서 눈물이 차오르는 걸 더는 참을 수 없었다.

한참을 그렇게 앉아 있다가 결국 음식도 거의 손대지 못한 채 급히 자리를 떠야 했다. 혼자서도 충분히 강해질 수 있다고 믿었지만, 이곳에서는 그의 빈자리가 나를 삼켜버릴 것만 같았다. 그와의 추억이 담긴 곳에 혼자 남겨진 나 자신이 순간 참을 수 없을 만큼 외롭게 느껴졌다.

하지만 정말 시간이 조금씩 흘러가며 마음도 차츰 단단해졌다. 다시 그곳을 찾을 용기가 생겼고 이번에는 시유와 함께였다. 함께 걷는 길, 문을 열고 들어서는 순간에도 이전과는 다른 담담함이 느껴졌다.

"여기가 엄마랑 아빠가 자주 오던 곳이야. 혹시 시유도 기억나니?"

이런 말을 건네며 이곳에서 그와 함께한 순간들을 자연스럽게 시유에게 하나씩 이야기할 수 있었다.

"시유가 아기였을 때 여기서 밥을 먹다가 의자에 팔이

끼여서 울었잖아. 그때 사장님이 당황해서 팔을 빼주셨는데도 한참 울어서, 요구르트를 받고서야 겨우 울음을 그쳤는데."

어린 시유와 함께 경험한 그 장면이 생생하게 떠오르며 그와 나누었던 미소와 말투까지 되살아나는 것 같았다. 시유는 눈을 반짝이며 "아, 기억난다! 기억나!"라고 조잘거리기 시작했고, 그런 시유를 보며 다시 한번 우리의 지난날 속으로 자연스럽게 빠져들었다. 마치 우리가 함께한 시간이 그 자리에서 다시 피어나는 듯했다. 마음속에 깊이 새겨진 그와의 추억들도 하나둘 떠올랐다.

그렇게 과거의 이야기를 하나씩 시유에게 전달하며 내 안에 그와 함께했던 시간이 여전히 살아 숨 쉬고 있음을 느꼈다. 기억이 더 이상 눈물로만 남지 않고, 나와 시유가 함께 나눌 수 있는 추억이 되어가고 있었다. 그의 부재는 더 이상 나를 짓누르는 고통이 아님을 깨달았다.

그가 없는 세상이 점차 나의 일상이 되어가고 있었다. 처음에는 그의 흔적을 하나라도 놓치지 않으려 애썼다. 그를 잊지 않겠다는 결심이 내 삶을 지탱해 주는 버팀목이었고, 잊는 것은 그를 배신하는 것과도 같다고 느꼈다. 함께했던 장소들, 그의 취향, 그의 웃음소리와 같은 모든 것들을 내 마음속에 단단히 붙들어 두기만 하면 그가 떠난 현실이 갑작스레 나를 덮치지 않을 것 같았다.

그러나 어느 순간 결심이 무색할 정도로 희미해지는 것과 그의 모습 또는 우리가 함께했던 순간들이 물결처럼 서서히 잦아드는 것을 느꼈다. 더 이상 그 흐름에 저항할 수 없었다. 그는 이제 나의 과거에만 존재할 뿐 현실과 미래 속에는 더 이상 머무를 수 없다는 사실을 날마다 조금씩 받아들이게 되었다.

주변 사람들이 시간이 지나면 괜찮아질 거라고 말할 때마다 상투적인 위로라고 여겼다. 그런데 이제 그 말의 진정한 의미를 조금씩 이해하기 시작했다. 시간이 지나간다는 것은 그를 잊는 것이 아니었다. 그가 내 삶 속에 은은히 스며들어 나의 일부가 되어 가는 과정이었다. 처음에는 그의 목소리와 웃음소리가 선명함을 잃을 때마다 불안하고 아팠다. 얼굴을 떠올리려 할 때조차 기억이 물결처럼 번져가며 가슴을 저릿하게 했다. 그의 부재는 여전히 나를 아득하게 만들었지만, 이제는 그가 단지 기억 속에만 머무는 것이 아니라 내 삶에 조용히 자리 잡고 있다는 것을 알게 되었다.

상실은 여전히 내 마음 깊은 곳의 상처로 남아 있다. 하지만 이제 그 상처가 나를 아프게만 하지는 않는다. 그는 물 위에 그린 그림이 물결 속으로 녹아들 듯이 내 일상에 자연스레 스며들었다. 그렇게 나는 그의 흔적을 품고 살아가는 법을 배워가고 있다.

동굴이 아닌 터널

처음에는 아무것도 보이지 않는 어둠 속에 나를 가둬두었다. 그가 떠난 뒤, 나의 시간도 함께 멈춰버린 듯했다. 동굴 속에서 혼자 웅크리고 있는 것처럼 하루하루를 무의미하게 보냈다. 누구도 나를 찾지 않기를 바랐고 나 역시 세상으로 나가고 싶지 않았다. 은호가 없는 세상 속에 더 이상 행복은 없을 거라고 믿었다. 세상에 대한 원망으로 나를 가득 채웠다.

　그런데 어느 순간부터 조금씩 달라지기 시작했다. 눈에 띄게 변한 것은 아니었지만 설명하기 어려운 작은 감정의 파동들이 느껴졌다. 그 변화를 처음 자각한 것은 한겨울 집으로 들어오는 햇살을 맞이했을 때였다. 여느 날처럼 커피를 마시며 무기력하게 창밖을 바라보고 있었는데 문득 나의 얼굴을 스치는 햇살의 따스함이 반가웠다. 예전에는 그런 사소한 순간들이 그저 배경처럼 흘러가곤 했다.

그날은 달랐다. 찬바람 속에서도 스며들어오는 햇살의 온기가 마음을 살짝 덮어주는 듯한 느낌이었다. 마치 작은 담요의 포근함 같았다. 특별함이라고는 없는 너무도 사소한 부분인데 어째서 변화를 느끼게 된 걸까? 그 순간, 의아한 감정이 스쳤다. 분명한 것은 그날의 나는 더 이상 완전한 어둠 속에 갇혀 있지 않았다는 사실이었다. 무심코 스치는 햇살과 커피 향기 같은 소소한 것들이 내 마음에 스며들어 잊고 있던 따스함을 느끼게 해주었다. 매일 반복되는 일상이었지만 그 안에서 점점 나 자신을 찾아가는 과정이 시작되고 있었다.

내가 서 있던 곳은 끝에 미세한 빛이 어렴풋이 보이는 터널이었다. 그 빛은 밝지도 뚜렷하지도 않았지만, 분명 존재했다. 나를 향해 다가오는 희미한 빛은 어쩌면 그가 남긴 작은 흔적일지도 모른다는 생각이 들었다. 그날 아침에 들어온 햇살처럼 내 앞에 놓인 삶도 여전히 흐르고 있다는 생각이 마음 깊숙한 곳에서부터 들었다. 스스로 멈춰버렸다고 생각했던 나의 시간이 여전히 흐르고 있고 조금씩 나아가고 있음을 깨닫기 시작했다. 아무 일도 일어나지 않는 하루들이 어느 순간 나를 조금씩 바꾸고 있었다. 한동안 나를 세상과 단절시켰던 고요한 시간이 조금씩 틈을 만들기 시작했다.

그가 떠나고 누군가와 밖에서 만나는 일은 일부러라도 하지 않았었는데, 하나밖에 남지 않은 친구 윤 언니와 함께 교외의 작은 카페에서 따뜻한 커피 한 잔을 나누는 일상이 소중해지기 시작했다. 나와 윤 언니는 쌓인 이야기들을 나누며 서로의 일상을 나누었고 그저 그런 대화 속에서 웃음이 커지고 있는 내가 느껴졌다.

은호를 잃고 지쳐 울고 있던 어느 날 윤 언니가 말했다.

"그만 울라는 그런 말은 안 할게. 그냥, 네가 언제까지 울든 나는 괜찮아. 마음껏 울어도 돼. 마음 편하게 울어. 옆에 있어 줄게."

그 말을 듣는 순간, 오랫동안 눌러왔던 감정이 툭 하고 터져 나왔다. 누구도 해주지 않았던 그 한마디가 무너진 내 마음을 조용히 받쳐주는 것 같았다.

내 주위를 둘러싼 모든 사람을 밀쳐내도 윤 언니만은 내 옆에 남아 나를 안아주는 사람이었다. 마치 울창하고 고요한 대나무 숲 같았다. 대나무는 겉으로 보기에 바람에 흔들리는 가느다란 줄기지만 땅속에서는 서로의 뿌리를 엮어 누구도 쉽게 넘어뜨릴 수 없는 단단한 숲이 된다. 늘 그 자리에서 나의 말을 들어주는 사람. 윤 언니는 조용하지만 단단하게 나를 받쳐주고 있었다. 나는 윤 언니를 통해 세상과 소통하기 시작했다.

카페는 햇살이 부드럽게 스며드는 공간이었다. 꽃내음처럼 향긋한 커피가 테이블 위에 놓여있었다. 그 향기는 한때 은호와 나누었던 기억을 떠올리게 했다. 때로는 함께 웃고 때로는 조용히 서로의 눈을 바라보았다. 손님들의 발소리, 커피를 만드는 바리스타의 손길, 창밖 나무의 잎사귀들이 바람에 살랑거리는 소리가 묘하게 조화를 이루는 그 공간에서 잊고 있던 감정을 다시 만났다. 미세하게 떨리는 웃음에서 기쁨이라는 말조차 잊고 지냈던 내가 다시 따뜻함에 물드는 순간이었다.

그의 부재를 완전히 받아들이는 것은 불가능했지만 그 속에서도 조금씩 나아가고 있었다. 더 이상 어둠 속에 무기력하게 갇혀 있는 내가 아니었다. 내가 걷는 터널은 아주 길었고 그 끝이 어디인지 보이지도 않았지만, 그럼에도 그 빛은 나를 향해 조금씩 다가오고 있었다.

지금은 그의 시간이 끝이 났다는 것을 받아들였다. 그러나 나의 시간은 여전히 흐른다. 그 흐름 속에서 소소한 행복들이 나를 두드리기 시작했다. 여전히 힘들고 고통스러운 순간들도 많지만, 그 속에서도 작은 행복이 내 안으로 스며들고 있었다. 터널의 끝에 온전히 닿는 날이 올지는 모르겠지만 지금은 그저 이 순간을 견디며 나아가는 것만으로도 충분하다는 생각이 들었다.

삶을 살아가다 보면 누구나 죽음과 상실을 경험한다. 언젠가 피할 수 없는 길임을 알면서도 순간이 다가올 때 우리는 준비되지 않은 채로 상실과 마주하게 된다. 나에게 그 순간은 예상보다 일찍 찾아왔고 모든 것이 무너져 내렸다. 너무 이른 이별이었지만 어느새 내 삶의 한 부분이 되어 있었다. 처음에는 어둠 속에서 헤매는 고통과 절망이 내 삶의 전부 같았지만 이제 그 감정들은 내 삶을 이루는 한 조각이 되었다. 여전히 힘든 순간은 찾아오지만 더 이상 행복이 없을 것이라 단정 지었던 그때와는 분명 달라졌다. 고통을 견디는 삶이 아닌 다시 살아가는 삶을 향해 조금씩 걸어가고 있다.

완벽한 행복

숨겨둔 계절

오늘의 편지 | 해가 드는 쪽으로 가는 중이야

내 눈물의 의미를

이제는 나도 모른다.

그를 향한 것인지,

나를 향한 것인지.

알 수 없는 그 모호한 경계에서

나는 오늘도 조용히 흐른다.

여전히 그립고, 여전히 무너지고,

이 모든 시간 끝에 결국 남은 건,

여전히 사랑이었다.

서로의 곁

아이 때문에 잃어버린 것들이 많다고 느꼈다. 한때 꿈꾸던 일들, 자유로운 시간, 그리고 오롯이 나만을 위한 목표까지. 무엇보다도 은호를 잃고 충분히 슬퍼할 시간조차 허락되지 않는다는 사실이 가장 서글펐다. 시유를 돌보느라 매일 정신없었고 하루하루를 버텨내는 것만으로도 숨이 찼다. 그러면서 조금씩 나 자신을 잃어갔다. '아이를 위해서'라는 말로 모든 걸 정당화했지만 사실은 그 말이 나를 지키는 방패막이 되어주기를 바랐던 것인지도 모른다.

그래서였을 것이다. 시유에게 은호의 죽음을 말하는 것이 두려웠던 이유가. "아빠는 멀리 일하러 갔어"라고 둘러댔던 거짓말 속에는 아이가 세상을 너무 일찍 알아 버릴까 봐 두려운 마음도 있었지만, 더 솔직하게는 내가 다시 그 슬픔과 마주할 자신이 없다는 두려움이 자리 잡고 있었다. 아빠의 부재를 말하는 순간, 내가 겨우 덮어둔 상처들이 다시 덜컥 열릴까 봐 겁이 났다. 그래서 진실을 미뤘고, 결국은 나를 위한 핑계였다는 걸 나중에야 알았다.

오랜 시간이 지나서야 나는 겨우 용기를 내었다.

"아빠는 하늘나라에서 시유를 지켜보고 있어."

말을 꺼낸 순간 나는 알았다. 시유를 핑계로 나 자신을 위로했다는 것을. 은호가 떠난 뒤 나는 한 번도 내 상처를 제대로 마주한 적이 없었다. 은호가 없는 삶을 견뎌내기 위해 모든 감정을 묻어두고 시유 앞에서 강한 척을 했다. 그렇게 매일 나를 속이며 지낸 날들이 사실은 나를 더 무너뜨리고 있었다. 시유는 오히려 나보다 더 담담히 진실을 받아들이며 나를 다독였다.

"아빠가 하늘에서는 아프지 않으니까 괜찮아. 엄마, 우리 잘할 수 있어."

그 순간, 아이가 준 위로가 얼마나 컸는지. 내가 아이에게 진실을 말한 것이 아니라 오히려 시유가 나에게 진심을 가르쳐준 것이었다. 시유는 내 곁에 있는 자체로 위로가 되었다. 그리고 이제야 알았다. 내가 지키려 했던 시유가 결국 나를 지켜주는 존재였다는 것을.

아이의 담담함이 내 머리를 내려치는 듯했다. 슬픔을 억누르고 숨기기만 하면 안 된다는 걸, 강한 척을 하면서 오히려 고통을 더 크게 만들고 있다는 걸 깨달았다. 진실을 말했을 때 아이가 더 아파할까 봐 두려웠지만 정작 그 진실을 받아들이는 아이는 훨씬 강했다. 아빠의 부재가 아프고 슬펐을 텐데도 시유는 나보다 더 큰 마음으로 그것을 품어내고 있었다.

그날 이후로 종종 아이를 보며 생각에 잠기곤 했다. 은호가 떠난 후에도 아이 덕분에 내 삶이 유지되고 있다는 걸, 시유가 있어서 나를 다독이며 살아갈 수 있었다는 걸.

하루는 시유와 저녁을 먹던 중에 아이가 문득 말했다.

"엄마, 아빠는 우리를 보고 있을까?"

나는 잠시 멈칫했지만, 곧 웃으며 답했다.

"그럼, 보고 있지. 시유가 학교에 가서 공부하는 것도 보고, 엄마랑 같이 밥 먹는 것도 다 보고 있을 거야."

그러자 시유는 고개를 끄덕였다.

"그럼, 우리가 슬퍼해도 괜찮겠네? 아빠가 있으니까."

시유는 내가 생각했던 것보다 더 용감했다. 아이 때문이라고 탓했던 것들은 전부 내 오만이었다. 시유 덕분에 삶을 살아갈 수 있고 그 안에 웃음의 시간이 존재한다는 걸 모르고 말이다. 아이에게서 슬픔을 털어놓을 용기를 배웠고 그를 통해 내 감정을 다시 마주할 수 있었다.

시간이 흐를수록 시유는 나와 더 많은 이야기를 나누었다. 학교에서 있었던 일, 친구와 다툰 이야기, 아빠 생각이 날 때의 마음까지. 모든 순간을 함께 나눌 때 시유의 말과 표정, 행동 하나하나가 내 상처를 서서히 치유해 주고 있었다.

그러면서도 나는 매번 아이에게서 한 발짝 떨어져야 한다고 생각했다. 나의 결핍이 시유에게 짐이 되지 않도록, 나의 상처를 이유로 아이에게 슬픔을 더하지 않도록. 시유가 내 삶의 이유가 될 수는 있지만, 그렇다고 아이가 내 상처를 대신 짊어질 이유는 없었다.

은호가 떠날 때 아이를 잘 키우겠다고 약속했다. 혼자서도 더 굳게 다짐했다. "내가 너를 어떻게 키웠는데." "네가 나를 이렇게 실망하게 해?", "네가 나에게 어떤 존재인지 모르니?" 같은 말들로 아이에게 내 결핍을 덧씌우지 않겠다고.

시유가 자신의 삶을 살아가도록 나의 부족함이 아이의 걸림돌이 되지 않도록 한 걸음 물러서서 아이를 있는 그대로 바라보아야 한다고 다짐했었다. 곁에서 조용히 응원해 주는 존재가 되는 것이 내 최선의 역할이라 믿었다. 그런데 아이가 자신의 길을 온전히 걸어갈 수 있도록 내가 먼저 나의 길을 향해 나아가야 한다는 것을 이제야 알았다. 나 또한 나의 삶을 오롯이 나의 것으로 만들기 위해 조심스럽게, 그러나 단단한 마음으로 다시 한 걸음을 내딛는다.

시유가 그저 '잘 컸다'라는 말로 축약되는 사람이 되지 않도록, 나 역시 그 아이의 삶을 존중하고 나의 삶을 살아내는 연습을 하는 중이다. 무엇보다 아이가 사랑에 부족함을 느끼지 않도록 내 안에 남은 사랑을 아낌없이 쏟아내고 있다. 아빠의 빈자리를 느끼며 함께 울어야 할 시간이 앞으로 얼마나 많을지 가늠할 수 없지만, 그 모든 시간을 지나 결국 함께 웃는 날이 더 많아지기를 바란다. 지켜주려 했던 나의 마음이 무거운 울타리가 아닌 봄날의 바람처럼 내 아이의 등을 살며시 밀어주는 힘이 되기를. 나도, 시유도 각자의 삶을 살아가되 서로의 곁을 따뜻하게 지켜줄 수 있기를 바란다.

행복의 경계

'왜'라는 물음이 나를 괴롭혔다. '왜 하필 나에게 이런 일이 생겼을까?' 답을 찾을 수 없는 질문이지만 그 물음은 끊임없이 나를 휘감았고, 결국에는 나 때문일 거라는 결론에 도달했다. 자신을 갉아먹는 시간을 보내는 사이 잊고 있던 오래전 기억이 떠올랐다.

중학교 시절 나는 반장이었고, 우리 반에 Y라는 친구가 부모님 없이 지낸다는 사실을 나만 알게 되었다. Y의 어머니는 일찍 세상을 떠나셨고, 아버지도 중학생이 되자마자 사고로 돌아가셨다. 그 후로 Y는 자매끼리 의지하며 살아가고 있었다. 어느 날 나는 학교에서 장학금 추천 명단 작성을 요청받았고 큰 고민 없이 Y를 추천했다. 밝은 모습으로 생활을 이어가는 Y의 모습이 대단해 보였고 작은 도움이라도 되고 싶은 마음이 컸다.

Y는 장학금을 받게 되었지만, 그 후 나를 향하는 시선에는 고마움보다는 불편한 감정이 엿보였다. 그의 태도를 이해할 수 없었고 내가 좋은 일을 한 것이라고 여기며 스스로 뿌듯해했다. 그때는 왜 그가 불편해하는지 이해할 수 없었다. '내가 추천해서 장학금을 받게 되었는데 좋은 게 아닌가?'라고 생각했다.

이제는 알 것 같다. 내가 건넨 어설픈 동정이 그를 얼마나 불편하게 했을지, 그의 자존심에 얼마나 상처를 주었을지, 자신의 시간을 고작 환경으로 평가한 내가 얼마나 싫었을지. 그 시절 나는 제3자 입장에서만 이 상황을 바라봤다. 어쩌면 나는 평생 겪지 않을 일이라 여겼고 쉽게 그의 삶을 연민했다.

그런데 오늘, 그때의 나와 다를 바 없는 내 모습을 발견했다. '상실은 다른 사람에게만 일어나는 일이지 나에겐 일어나지 않을 불행이야'라고 생각하던 어린 시절의 모습과 전혀 변화하지 않은 지금의 내가 겹쳐 보였다. 왜 나에게 이런 일이 생겼는지 되묻던 나 자신에게 새로운 질문이 피어올랐다.

'왜 나에게는 이런 일이 일어나면 안 된다고 생각했던 걸까? 남들에게는 언제든 일어날 수 있는 일이라고 여겼으면서, 내게 닥친 고통은 도저히 받아들일 수 없는 일이었던 걸까? 나는 행복해야 한다는, 불행은 나와 무관하다는 그 믿음은 대체 어디서 온 것일까?'

답할 수 없는 질문들이 밀려들었다.

그제야 어렴풋이 깨달았다. 인생의 고통과 어려움은 결코 누군가의 삶에만 머무는 것이 아니라는 걸. 누구에게나 찾아올 수 있는 것이라는 걸. 그래서 누구도 함부로 남을 동정하거나 남의 삶을 쉽게 평가하고 가볍게 여길 수 없다는 걸 말이다.

결혼 전 나는 서점이나 도서관에 가서 책 읽는 걸 좋아했다. 한동안 그럴 여유가 없어 못 했지만 조금씩 나를 위한 시간을 내면서 책을 읽는 날이 많아졌다. 그리고 전에 읽었던 것들을 다시 꺼내 보기도 했다. 어느 책에 그어진 밑줄을 보고 알았다. 그땐 그저 좋은 문장들이라 여겼던 말들이 지금에서야 비로소 마음 깊이 들어왔다. 우리가 겪는 불안과 고통이 인생의 본질적인 부분임을 인정하고 그것을 부정하지 말라는 부분이었다. 지금에서야 다시 꺼내든 책이 새롭게 읽혔다. 그리고 마침내 '왜'라는 물음에 집착하는 대신 이 상황에서 내가 어떻게 살아가야 할지를 묻는 것이 더 중요하다는 걸 깨달았다.

어쩌면 우리가 살아가는 삶이란 영화나 소설처럼 모든 일이 인과관계로 딱딱 맞아떨어지는 게 아닐지도 모른다. 이유가 명확한 일보다 이유 없이 찾아오는 일들이 더 많고, 인간의 힘으로 어찌할 수 없는 일들이 대다수일 것이다. 그런데 나는 내 삶이 마치 영화인 것처럼 '왜'에 집착하며 한참 동안 제자리걸음을 반복하고 있었다.

이제는 그저 모든 걸 받아들이기로 마음먹었다. 답이 없는 답을 찾느라 지친 마음을 내려놓으니 중요한 건 '왜'라는 질문이 아닌 이 상황에서 내가 '어떻게' 살아가야 하는지로 이어졌다. 지금 이 모든 걸 어떻게 견뎌내고 또 앞으로 어떻게 살아가야 하는 걸까?

어딘가 답답하게 얽혀 있던 마음이 차분히 풀어지기 시작했다. 이유를 찾는 대신 이 상황에서 내가 무엇을 할 수 있을지와 어떻게 생각하고 행동할지에 집중하게 된 것이다. 이유 없는 아픔도, 예측할 수 없는 상실도 삶의 일부라는 걸 이제야 조금씩 이해하게 되었다. 나는 그저 내 속도대로 이 모든 걸 헤쳐 나가면 되는 것이었다. 지금 내가 할 수 있는 것에 최선을 다하고 내 힘으로 할 수 없는 것들은 그저 자연스레 흘려보내는 법을 배워가는 과정에 있다.

그의 장례식이 끝난 뒤 나는 단 한 번도 소리 내어 울지 못했다. "내 아들이 아픈 건 너와의 결혼 때문"이라는 시어머님의 말씀이 목에 가시처럼 깊이 박혀버렸다. 내가 소리 내어 울 자격조차 없는 사람인 듯 느껴졌다. 그가 정말 내 곁을 떠나버리니 그 말이 더 아프게 다가왔고, 자책도 했다. 그 후로도 내 울음은 항상 무거운 침묵 속에 묻혀있었다. 흘러내리는 눈물만 조용히 닦아낼 뿐이었다. 그의 기일 봉안당에서도 어머님은 "잘난 내 아들", "아까운 내 아들"이라며 통곡하셨지만 나는 그저 사람들 눈에 띄지 않게 돌아서서 눈물을 삼킬 수밖에 없었다.

하지만 이제 목에 깊이 박혀 있던 가시는 서서히 빠져나가는 듯하다. 그가 떠난 일이 흘러가는 시간 속에서 일어난 일이며 나의 잘못이 아니라는 걸 깨닫게 되었다. 무엇보다도 이제는 그 가시에서 벗어나서 나 자신을 편안히 놓아주고 싶었다. 무겁게 가라앉기만 했던 마음이 서서히 다시 표면으로 떠오르기 시작했다. 완벽하지 않은 나를 탓하지 않고, 모든 아픔이 다 나로부터 비롯된 것이 아니라는 걸 분명히 하며, 하루하루 최선을 다해 살아가는 것만으로도 충분하다고 다독이는 것이다. 앞으로 어떤 일들이 또 내게 닥칠지 알 수 없지만 나는 '어떻게 살아야 할까'라는 물음을 통해 오늘 최선을 다해 행복할 것을 다짐한다.

하늘 아래 우리 둘

매년 명절이면 혼자 봉안당을 찾았다. 하지만 이번 추석에는 조금 다르게 시유와 함께 그의 봉안당에 가기로 마음먹었다. 시유는 이제 아빠가 곁에 없다는 사실을 안다. 이번 방문이 아이에게 너무 차갑고 생소한 기억으로 남지 않을까? 마음 한구석이 조심스러웠다.

나 역시 처음 왔을 때는 차가운 공기에 등골이 서늘해졌던 기억이 났다. 봉안당은 단순히 조용한 공간이 아니었다. 삶과 죽음이 마주하는 경계처럼 느껴지는 곳이었다. 그래서 항상 무거운 마음으로 발걸음을 옮기곤 했다.

추석 연휴 첫날, 시유에게 물었다.

"우리 아빠한테 가볼까? 시유 세 살 때 한번 갔었는데,

그동안은 엄마가 혼자 다녀왔거든. 이제는 시유도 같이 가면 아빠가 더 좋아하실 것 같아."

시유는 잠시 생각하더니 고개를 끄덕였다.

"음. 그래! 같이 가자."

"그럼, 아빠한테 드릴 꽃도 한 다발 사서 같이 가는 거다."

아이의 반응을 조심스레 기다렸다. 시유는 씩씩하게 받아들였지만, 마음 한편엔 불안감이 남았다. '내가 괜한 제안을 한 건 아닐까? 오히려 시유에게 아빠가 없다는 걸 확인시켜서 상처가 되지는 않을까?' 복잡한 마음으로 한 시간을 달려 봉안당에 도착했다.

추석이라 그런지 주차장은 차들로 빼곡했고 사람들도 붐볐다. 어렵사리 주차를 마치고 시유의 작은 손을 잡고 그를 찾아 걸었다. 언제나 같은 자리에서 우리를 맞이하는 그의 미소가 담긴 사진 앞에 서니, 마음 깊은 곳에서 묵직한 그리움이 일었다. 시유는 고개를 갸웃하며 주변을 둘러보았다.

"맞아, 나 여기 기억 나는 것 같아."

"그래, 이제 아빠한테 인사하고 여기 꽃 붙여드리자."

시유는 사진을 조심스럽게 쓰다듬으며 조용히 인사를 했다. 그 모습에 눈가가 저릿해졌다.

"엄마, 여기 뭐라고 적혀 있는 거야?"

"이건 신부님께서 적어주신 말씀이야. '아버지께서 나를 사랑하신 것처럼 나도 너희를 사랑하였다. 너희는 내 사랑 안에 머물러라'라는 성경 구절이야. 아마도 아빠가 우리를 사랑으로 지켜보고 있다는 뜻이지 않을까?"

그가 떠난 후 이곳에서 울고 또 울며 견뎌온 나날 동안 나를 붙들어 준 문장이었다. 그 말을 들은 시유는 한참 그 구절을 바라보다가 다시 나를 올려다보며 물었다.

"근데 엄마, 다른 사람들은 가족들 사진도 붙어 있네? 왜 아빠는 없어?"

"엄마도 전에는 사진을 붙였었는데 관리사무소에서 붙이지 말라고 하더라고. 아마 이번 명절에 오신 분들이 새롭게 붙여둔 걸 거야. 시유 사진도 다시 붙여줄까?"

시유는 고개를 끄덕이며 말했다.

"이번에 같이 찍은 사진 있잖아. 그거 붙이면 좋겠다!"

"그래, 다음에 올 때 꼭 가져올게."

이제 작별 인사를 해야 할 시간이었다. 시유는 사진 속 그의 얼굴을 쓰다듬으며 또렷한 목소리로 말했다.

"아빠, 나 잘 지켜줘. 아빠도 여기서 잘 지내고. 내가 하늘 자주 올려다볼게."

아이의 씩씩한 인사에 가슴 깊이 미안함이 밀려들었다. 시유가 아빠의 부재를 너무 어린 나이에 알아야 했고, 혼자 감당하지 않아도 될 감정을 감내하고 있는 것 같아 마음이 아팠다. 아니 '미안하다, 아프다'라는 표현으로는 다 담아낼 수 없을 정도였다. 하지만 시유가 어른스럽게 받아들이고 있다는 생각에 나도 더 씩씩해져야 한다고 다짐했다. 나는 속으로 조용히 인사했다.

'다음에도 시유랑 함께 올게. 그동안 매번 나 혼자 와서 쓸쓸했지? 오빠, 거기서도 잘 지내고 있어. 알겠지?'

수없이 마음속에서 그려왔던 모습이었다. 아빠에 대해 어떻게 말해야 할지 수없이 고민했지만, 이 순간을 결정한 것은 내가 아닌 시유였다. 언제나 혼자 눈물 삼키며 조용하게 돌아오던 길이 이제는 시유와 둘이 소란스러운 이야기를 나누며 걸어가는 길이 되었다. 시유의 커다란 마음과 작은 손이 그의 빈자리를 더 깊고 따뜻하게 채워주는 것을 느꼈다. 이제 우리 둘은 그에게 닿을 수 있을 듯 매일 하늘을 올려다본다. 하늘 저편에서 우리를 보고 있을 그에게 나는 묻는다.

"어때? 나 잘하고 있는 거 같아?"

용기 내기

오늘의 편지 | 오랫동안 내 안에 살아 있을 당신

시유에게 모든 사실을 전하고 나니 무겁기만 하던 마음이 한결 가벼워졌다. 그동안은 그저 더 많이 일하고, 더 바쁘게 움직였다. 무언가에 몰두하면 조금 덜 힘들 것 같았다. 그의 부재가 뚜렷해질 때면 자꾸만 일을 찾아 움직였다. 그가 떠난 뒤에도 함께 만든 카페를 계속 운영했다. 일상의 반복 속에서 애써 내 마음을 외면하며 버티고 있었다.

그런데 언젠가부터 이 삶을 지속하기 어렵다는 생각이 들기 시작했다. 갑작스레 발생하는 매장의 일들을 처리하다 보면 아이에게 신경을 제대로 써주지 못할 때가 많았다. 몸이 지쳐 불쑥 짜증을 내는 날이 많아졌고 중요한 순간들을 놓치고 있다는 자책이 쌓여갔다. 나 하나만 버텨내면 된다고 생각했던 일이 결국 모두를 지치게 하고 있었다. 계속 이어가느냐 멈추느냐의 갈림길에서 결국 멈춤을 선택했다. 마음과 몸이 모두 지쳐 있던 나를 희생하는 방식으로는 더 이상 살아갈 수 없었다.

그렇게 매장을 정리하고 나니 백수가 되었다. 지금부터는 내가 나를 잘 돌봐야 그를 잘 보내줄 수 있을 것 같았다. 그렇게 나만의 시간을 갖기로 했다. 시유가 학교에 간 뒤의 몇 시간, 그건 온전히 나를 위한 시간이었다.

비가 올 듯 말 듯 흐릿한 날씨에 조금은 무거운 몸을 이끌고 집 근처 목욕탕으로 향했다. 따뜻한 탕에 몸을 담그자 온몸이 나른해지며 지금 이 순간이 멈춰버렸으면 좋겠다는 생각이 들었다. 탕 속의 온기가 지친 마음을 덮어주고 오래 묵은 상처들에 얹힌 먼지를 씻어내는 것만 같았다. 세신을 하고 나니 마치 새로 태어난 듯한 기분이 들었다. 터덜터덜 슬리퍼를 질질 끌고 목욕탕을 나오며 바나나우유를 빨대로 쪽쪽 빨아 마셨다. 한 모금, 한 모금에 온몸의 세포들이 살아남을 느끼며 몸과 마음이 조금씩 회복되는 느낌이었다. 집으로 돌아갈까, 동네 구경을 할까 잠시 망설이다가, 오랜만에 천천히 산책하기로 했다.

'아, 이게 백수의 여유라는 거구나'라며 웃음이 났다.

　나도 몰랐던 동네의 이곳저곳을 둘러보며 걷다 보니 어느새 점심시간이었다. 예전이라면 혼자 밥을 먹는 것은 상상도 못 했을 것이다. 혼자 여행은 가도 혼자 밥은 먹지 못하는 사람이었는데 이제는 혼자서 먹는 밥도 자연스러워졌다. 조용한 가게 구석에 앉아 따끈한 찌개를 마주했다. 바깥에서 들려오는 소란스러운 대화 소리가 머릿속에서 희미해지는 듯했다. 마치 이곳에 나 혼자만 존재하는 듯 나만의 점심을 오롯이 즐겼다.

　든든하게 배를 채우고 새로 생긴 카페로 향했다. 문득, '이렇게 시간을 보내도 되는 걸까?' 싶은 생각이 들었지만, 지금은 시간이 많으니까 괜찮다고 스스로를 안심시켰다. 제일 좋아 보이는 자리에 앉아 커피 한 잔을 두고 홀로 창밖을 바라보았다. 바람이 불 때마다 흔들리는 나뭇잎이 아련하게 가을의 끝자락을 알리는 듯했다. 주변에는 삼삼오오 모여 앉은 사람들로 가득했다. 그 사이 홀로 커피를 마시는 나 자신이 낯설면서도 편안하게 느껴졌다.

　'아, 이렇게도 행복할 수 있구나.'

　혼자 있는 이 순간이 비로소 무겁지 않았다.

그렇게 하루 이틀, 나만의 시간이 차곡차곡 쌓여갔다. 그동안 외면했던 내 삶을 돌아보며, 과거에 머물러 있던 나를 꺼내 보기로 마음먹었다. 그의 부재를 나만의 언어로 풀어내기 시작했고 머릿속에 맴돌던 기억과 감정들을 하나둘 글로 적어나갔다. 그 글이 한 편, 두 편 늘어날 때마다 내 마음도 조금씩 정리되는 느낌이었다.

그러던 중 우연히 작은 글쓰기 공모전을 발견했다. 무심코 '지금의 나'에 관한 글을 응모해 보았다. 일상으로 돌아가면서 글을 냈던 것을 잊고 지냈는데, 시간이 흘러 낯선 번호로 연락이 왔다. 뜻밖에도 내 글이 당선되었다는 소식과 함께 상금 100만 원을 준다는 이야기를 들었다.

"네? 제가요?"

"네, 다음 달의 잡지에 실릴 예정입니다. 상금 입금 계좌를 알려주시면 됩니다. 다만, 조금 수정할 부분이 있어 메일로 보내드릴게요. 확인 후 답장 부탁드립니다."

순간 머릿속이 복잡해졌다. '뭐지? 이래도 되는 건가?' 그와의 추억을 글로 풀어낸 대가로 돈을 받게 된다니, 반가움보다는 어쩐지 묘한 불편함이 밀려왔다. 분명 좋은 일이 맞는데 마음껏 기뻐할 수도 없고, 그렇다고 나쁜 일이라고 할 수는 없지만 그런 기분이 들었다. 어떤 감정을 가져야 할지 몰라 혼란스러운 상태였다. 그와 함께한 시간을 정리하는 게 나에게는 아주 개인적인 과정이었다. 그 개인적인 이야기가 낯선 사람들에게 닿고, 그로 인해 금전적인 보상을 받는다는 사실이 이질적으로 느껴졌다. 소중한 추억이 일종의 '거래'가 된 것 같은 기분. 어쩌 되었든 내가 쓴 글은 잡지에 실렸고 통장에는 상금이 입금되었다. 여전히 마음 한구석이 께름칙했지만, 한편으로 묘한 해방감도 느껴졌다.

나는 이 일을 계기로 조금 더 용기를 내 보기로 했다. '좋은 일도 아닌데 굳이 적어서 뭐 하겠어.'라는 마음 한편의 반대도 있었지만, 그저 나에게 나의 이야기를 들려주자는 생각으로 시작해 보기로 했다. 처음엔 많이 머뭇거렸다. 쓰고 지우고를 반복하며 이 이야기를 정말 써도 될까. 어디서부터 어디까지, 어떻게 써야 할까. 얼마만큼 솔직해야 할까를 끝없이 고민했다. 조심스럽게 단어를 고르고 골라 문장을 이어가기 시작했다.

그러자 나조차도 미처 몰랐던 감정들이 흘러나왔다. 슬픔도, 미안함도, 억울함도, 그리고 말로 다 설명할 수 없는 복잡한 감정들이 글 속에서 조금씩 모습을 드러냈다. 마음속 깊숙이 엉켜 있던 실타래를 한 올 한 올 풀어내는 것처럼 글을 쓸수록 내 안의 마음도 서서히 정리되어 가는 듯했다. 무엇보다 내가 얼마나 오랜 시간 죄책감을 품고 살아왔는지를 알게 되었다. 그를 지켜주지 못했다는 미안함. 아이에게 완벽한 엄마가 되지 못했다는 자책, 그리고 내 삶은 여전히 계속되고 있다는 사실에 대한 모순된 감정들.

그 모든 걸 꺼내놓고 바라보는 일은 쉽지 않았다. 매 순간 아직도 마르지 않은 눈물을 닦아내기 바빴지만 마치 오래 묵은 먼지를 털어내는 것처럼 내 안에 가둬두었던 무언가가 조금씩 씻겨 나가는 기분이었다. 완벽하지 않아도 괜찮다고 말하며 그때의 나를 조용히 안아주는 느낌도 들었다. 혼자 두었던 것에 대한 미안함과 함께, 지금 여기까지 와 준 나 자신에게 고마움을 전하고 싶어졌다.

그리움과 행복

오늘의 편지 ㅣ 존재를 더듬으며 나는 다시 걸었지

시유가 초등학교 1학년이 되고 처음 맞이한 학부모 참관 수업 날이었다. 아이는 아침부터 설렘을 감추지 못하고 내 손을 꼭 잡았다.

"엄마, 오늘 꼭 오는 거지?"

아이는 내 손을 자기 가슴 위로 가져갔다. 작은 가슴에서 전해지는 두근거림이 손바닥을 타고 내 심장에 와 닿았다. 그 떨림이 고스란히 전해지며 나도 모르게 가슴이 뭉클해졌다. 아이는 긴장과 설렘을 안고 학교로 향했고, 나도 서둘러 준비를 마치고 뒤따라 나섰다.

학교로 가는 길에 문득 걱정이 스쳤다. '다른 아이들은 엄마, 아빠가 함께 오겠지. 시유도 그런 모습을 보면 속으

로 아쉬워하지 않을까? 괜히 위축되지는 않을까?'

머릿속에서 해결되지 않을 소용없는 생각들이 꼬리에 꼬리를 물었다. 하지만 고개를 저으며 마음을 다잡았다. '두 사람 몫만큼 내가 더 크게 환호해 줘야지.' 그렇게 나 자신을 다독이며 발걸음을 재촉했다. 교실에 들어서니 자리에 앉아 교과서를 펴고 있는 아이의 모습이 보였다. 작은 어깨를 곧게 편 채 앉아 있는 아이를 바라보는데 이상하게 내 심장이 더 크게 뛰기 시작했다. 처음으로 교실에서 본 아이의 모습이 낯설고 사랑스러웠다. 차오르는 감정에 눈물이 핑 돌았다. '대체 이 마음은 뭘까?' 알 수 없는 울컥함이 밀려와 눈물이 맺혔다. 아이가 이내 나를 발견하고 활짝 웃어 보였다. 환한 미소를 지었다.

발표 시간이 되었다. 시유는 망설임 없이 앞으로 나가 큰 목소리로 자신의 장점을 당당히 소개했다.

"안녕하세요! 저는 1학년, 이시유입니다. 제가 가장 잘하는 것은…"

떨린다고 말하던 아이의 모습은 온데간데없었다. 반짝이는 눈으로 자신의 이야기를 이어나갔고 그 당당함에 모든 학부모가 조용히 고개를 끄덕였다. 내내 숨죽이며 바라보던 나의 입가에도 자연스레 미소가 번졌다. '어쩜 이렇게 대견할까. 언제 이만큼 자란 거지' 그 모습이 자랑스러워 가슴이 벅찼다. 수업이 끝나자 아이가 내게 달려와서 품에 쏙 안겼다. 아이를 꼭 안으며 속으로 고백했다. '시유야, 정말 고맙다. 이렇게 잘 자라줘서.' 아이의 따스한 체온이 나를 채우는 동안 불현듯 지난날이 떠올랐다. 혼자 고립되었던 시간, 아빠 없이 둘만의 일상에 익숙해지기까지의 길고 험난했던 시간. 그 미안함과 아쉬움이 아직도 남아 있었지만, 오늘 이 순간만큼은 그 모든 감정 위로 커다란 감사가 피어올랐다.

교문 앞에서 하교하는 아이를 기다렸다. 아이는 신발장 앞에서 실내화를 운동화로 갈아 신고 내게로 왔다. "엄마!"하고 부르며 전속력으로 뛰어오는 아이를 보자 웃음이 절로 났다. 나는 아이를 있는 힘껏 안아주었다.

"엄마, 나 진짜 잘했지?"

"그럼! 엄마가 시유 발표 듣고 얼마나 놀랐는데. 떨린다길래 혹시 다리를 부들부들 떨고 '메에~' 하고 염소 소리를 내면 어떡하나 했더니, 진짜 멋지게 해냈잖아!"

내 말을 듣고 아이는 갑자기 멈춰 서서 염소 흉내를 내며 발표 내용을 따라 하기 시작했다.

"메에~ 안녕하세요! 저는 1학년 이시유입니다~"

"아이, 진짜 그랬으면 엄마가 배꼽 잡았겠지! 그런데 우리 시유 아주 멋졌어. 떨지도 않고 용감했단 말이지. 대단해."

내 칭찬에 아이는 뿌듯한 표정으로 고개를 끄덕이며 다시 걸었다.

함께 걸으며 아이가 쉴 새 없이 이야기하는 동안 문득 깨달았다. 어느새 이렇게 많이 성장했구나. 내가 그와의 과거에 갇혀 있느라 아이가 보내는 빛나는 순간들을 놓치고 있었다는 게 너무나 아쉽고 씁쓸했다. 매 순간 곁에 있었으면서도 그 작은 변화를 눈여겨보지 못한 내 무심함이 마치 손끝에 닿을 듯한 기억처럼 아프게 다가왔다. 아빠의 부재가 더 이상 아이에게 전부가 아니게 되었듯이, 나에게도 그의 빈자리가 내 인생의 전부가 되지 않으리라는 생각이 조금씩 자리 잡고 있었다. 그 사실이 고마우면서도 때로는 서서히 희미해지는 것이 낯설게 느껴졌다.

그럴수록 아이와 함께 걷는 이 평범한 일상은 더할 나위 없이 소중하게 다가온다. 내가 미처 다 주지 못한 사랑에도 불구하고 이렇게 씩씩하게 자라준 아이, 그리고 그 아이 덕분에 매일 조금씩 나아지고 있는 나. 내 삶은 여전히 그리움 속에 머물지만 그 안에서 행복이 염치없이 피어나고 있다.

내 삶의 조각

백수가 되고 나니 마음이 좀 가벼워졌지만 한편으로는 불편했다. 우리 집에서 나만이 돈을 벌 수 있다는 현실 때문이었다. 아이와 시간을 충분히 보낼 수 있으면서도 돈을 버는 방법이 없을까 고민했다. 유튜브를 뒤지고, 신문을 읽고, 알고리즘이 이끄는 대로 기웃거리다 보니 온갖 아이디어 속에서 헤매게 되었다.

　가장 먼저 접하게 된 것은 온라인 판매자가 되는 방법을 배우는 수업이었다. 오프라인과 온라인 강의를 병행하며 약 3개월 동안 수업을 들었다. 실전에 돌입하기 위해 중국에서 물건을 사입해 직접 브랜딩하며 판매를 시작해 보기로 했다. 처음 만나는 자리에서 하는 자기소개는 어릴 때나 어른이 된 지금이나 여전히 어색했다.

"안녕하세요. 민아입니다. 나이는 30대 후반이고 지방에서 왔습니다."

짧은 자기소개가 끝나면 어김없이 이어지는 질문들.

"민아 씨, 결혼은 하셨어요?"

"네, 했습니다."

"아~ 그럼 아이는요?"

"딸 한 명 있습니다."

"아, 그러면 남편은 뭐 하세요?"

속으로는 '왜 이런 것들이 궁금한 거지? 나는 그냥 배우러 온 건데…'라는 생각이 들었지만, "이런 걸 왜 물으세요?"라고 대꾸할 수는 없었다. 자격지심이니까. 그들에겐 그저 스몰토크에 불과한 질문이었다.

"아… 남편은 그냥 직장 다녀요."

덤덤하게 대답했지만 결국 나는 처음 보는 사람들에게 거짓말을 하고야 만 것이다. 마음이 불편하긴 하지만 몇 번 보고 말 사람들에게 굳이 "저, 사별해서 혼자 아이 키우고 있어요."라고 말할 필요는 없다고 스스로를 설득했다. 서로를 위해 굳이 불필요한 말은 하지 않아도 된다고. 그렇게 시작된 거짓말은 3개월 내내 이어졌다.

"남편은 좋겠네, 아내가 이렇게 열심히 공부하고 일을 준비한다니."

"민아 씨 남편이 누구신지 궁금하다."

"혹시 사진 있으면 한 번 보여주세요."

남편에 관한 질문들이 그치질 않았고, 그 모든 질문이 나를 불편하게 만들었다. 수없이 많은 질문으로 마음이 복잡해졌다. 단순히 배우고 싶어서 일을 시작했는데, 사람들과의 대화가 내가 원치 않았던 부분을 계속 건드렸다. "남편은 뭐 해요?"라는 질문에 담담히 대답하는 척했지만, 그 말들이 내게 닿을 때마다 목구멍이 타들어 갔다.

'사실대로 말하면 어떤 반응을 할까?'

그런 생각이 떠오르면 오히려 더 깊이 숨기고 싶어졌다. 어쩌면 나는 사람들이 연민의 눈빛을 보내거나 불편해하는 모습을 두려워했던 걸지도 모른다. 그래서였을까. 처음부터 진실을 말하지 않았다. 거짓말이 반복될수록 마음은 점점 더 무거워졌다.

'이게 맞나? 언제까지 이렇게 숨기고 살아야 할까?'

그때마다 또다시 내 안의 목소리가 되뇌었다. '이건 필요 없는 이야기야. 굳이 말할 필요 없잖아.' 그렇게 또 하루를 넘겼다. 시간이 지나 또 다른 수업에 참여하기도 했다. 배움에 망설임은 없지만 만남의 시작에 불편함이 생겨났다. 하지만 집에만 머물러서는 아무것도 변하지 않을 거라는 생각이 나를 다시 움직이게 했다.

한 번은 하루 만에 마무리하는 짧은 강의를 들었다. 처음이자 마지막으로 보게 될 사람들과 함께라는 생각에 마음이 조금은 가벼웠다. 서로 깊은 관심을 가지지 않고 헤어질 수 있다는 점이 오히려 다행이었다. 하지만 수업을 마친 후, 몇몇 사람들과 커피를 마시는 자리에서 다시금 질문들이 이어졌다.

'이번엔 뭐라고 해야 할까?'

고민이 시작되었고, 이내 머릿속이 복잡해졌다. 나의 숙제는 언제나 한결같았다.

사실 나는 남편의 죽음에 대해 한 번도 내 입으로 말한 적이 없었다. 장례식에 온 사람들만이 내 상황을 알고 있었을 뿐, 다른 사람들에게는 입에서 입을 타고 그저 소문처럼 전해질 뿐이었다. 언젠가 한 번은 말해야 한다고 생각했다. 내 입으로 말해야만 이 일이 진짜라고 받아들일 수 있을 것 같았다.

하지만 늘 목구멍까지 차오르는 말을 삼켜내느라 내

속은 거미줄처럼 엉켜 있었다. 감정을 묻어두는 것이 나를 지키는 게 아니라는 걸 알면서도 말이다. 결국 그날, 무슨 이유에서인지 내 머리는 아직 결정을 하지 않았는데 목구멍에서 먼저 말이 튀어나왔다. 오랫동안 갇혀 있던 말들이 스스로 길을 찾아내듯 내 의지와는 별개로 단어들이 흘러나왔다.

"민아 씨, 남편은 뭐 하세요? 같이 배우면 더 좋을 것 같은데."

"아… 저 혼자 아이 키워요."

"아… 이혼하셨어요?"

"아니요, 사별했어요."

처음 보는 사람들 앞에서 이 말을 꺼낼 줄은 몰랐다. 그 순간, 단단히 얼어붙어 있던 얼음장 밑에 흐르던 물이 터져 나와 버린 것처럼, 감정이 걷잡을 수 없이 흘러넘쳤다. 내가 단단해졌다고 믿었던 건 껍데기뿐이었다.

"아… 미안해요."

상대방은 어쩔 줄 몰라 했다.

그날 내가 사별에 대해 말할 용기를 낸 이유는 단순했다. 낯선 사람들이었고, 다시 마주칠 일이 없을 거라는 생각에 마음이 조금 느슨해졌기 때문이다. 오래 잠긴 문을 아무에게나 열어 버리고 싶었던 건지도 모른다. 그런데 예상과는 다르게, 그 말은 우리 사이의 벽을 허물어뜨리는 열쇠가 되었다. 흐트러진 실뭉치를 손끝으로 살짝 풀었을 때 얽혀 있던 매듭이 하나둘 제자리를 찾는 것 같은 묘한 일이었다.

나는 '사별'이라는 단어가 나를 드러내는 약점이자 사람들 사이에 묘한 불편함을 만드는 요소라고 여겼다. 하지만 현실은 달랐다. 그들은 더 이상 불필요한 질문을 던지지 않았고, 어설픈 연민의 표정도 짓지 않았다. 오히려 그 말로 인해 나를 있는 그대로 받아들였다.

그날 이후, 나는 알게 됐다. 누군가가 있는 그대로의 나를 바라봐 준다는 것이 얼마나 깊은 위로인지. 그들과 나 사이에 형성된 미묘한 친밀감은 예상치 못한 선물처럼 다가왔다. 마치 오래 닫혀 있던 문틈으로 처음 불어온 바람처럼, 차갑게 닫혀 있기만 했던 마음에 따스한 온기가 스며들기 시작했다.

내 입으로 그의 죽음을 말하는 순간 비로소 나는 내 남편의 죽음을 온전히 받아들였다. 그리고 깨달았다. 사별은 더 이상 나의 약점이 아니라는 것을. 그것은 내 삶의 일부이며, 나를 이루는 중요한 조각으로 자리 잡았다.

엄마 꿈은 뭐야?

어느날 아이가 물었다.

"엄마는 엄마가 되는 게 꿈이었어?"

"음… 아니야. 엄마가 되는 게 꿈은 아니었어. 그래도 지금은 시유 엄마가 돼서 너무 좋지."

아무렇지 않은 척했지만, 한없이 부끄러웠다. 아이의 말이 나의 현재를 그대로 비추는 것 같았다.

"그럼 어릴 때 엄마 꿈은 뭐였어?"

아이의 질문에 나는 잠시 말문이 막혔다. 바람에 흔들리는 나뭇가지처럼 내 마음이 크게 흔들렸다. 꿈이라니. 그런 단어가 내 안에 남아 있었던가. 한참을 망설이다가 겨우 입을 열었다.

"엄마는… 너랑 이렇게 행복하게 사는 게 꿈이었지."

나는 아이가 내 대답을 어떻게 받아들일지 궁금해하며 살짝 웃었다. 아이는 한쪽 눈썹을 치켜세우더니 고개를 갸우뚱했다.

"그거 말고. 지! 금! 엄마 꿈!!!"

나는 아이를 바라보았다. 그 순수하고 맑은 눈이 나를 가만히 응시했다. 그 눈빛이 나를 밀어내지도, 다그치지도 않았지만, 그 안에는 무언의 질문이 담겨 있었다. 나는 스스로에게도 묻지 못했던 질문을 마주하고 있었다.

'꿈이라… 내 꿈은 뭐였을까?'

어릴 적 내 꿈은 아나운서였다. 초등학교 방송반에서 아나운서로 서는 모습은 어른이 되어서도 떠올릴 때마다 가슴이 뛰었다. 사람들 앞에서 말하며 내 생각과 감정을 자신 있게 전할 수 있는 사람이 되고 싶었다. 마이크를 들고 내 목소리가 세상에 퍼져 나가는 그 순간을 꿈꾸며 설레었다. 그때는 정말 내가 그런 어른이 될 줄 알았다.

그가 떠난 이후 나는 꿈을 잊었다. 하루하루를 버티는 것이 삶의 전부가 되어버렸다. 무엇을 바라고 계획할 힘도 없었다. 바람과 기대는 언제나 빗나갔고, 실망만을 안겨주었다. 그래서 아무것도 바라지 않기로 했다. 목표 없이 그저 하루를 살아가는 것만으로도 벅차게 느껴졌다. 꿈을 가질 여유조차 사라진 그 시간 속에서 나 자신에게 무엇인가를 요구하는 것이 죄스러워졌다.

그러나 그날 아이와 나눈 짧은 대화는 내 머릿속을 온통 '꿈'이라는 한 글자로 채워지게 했다. 그가 내 곁에 있을 때는 내가 어떤 꿈을 꿔도 상관없었지만, 이제는 내가 나에게 물어야 했다. 나의 꿈은 무엇일까? 나의 이야기는 무엇일까? 며칠이 지나고 창밖의 풍경이 따스한 노을빛으로 물들 무렵 아이는 뜻밖의 말을 전했다.

"엄마, 이번에는 꼭 꿈을 이뤄봐!"

아이의 말에는 어떤 결심이 묻어 있었다. 마치 내가 잊고 있던 길을 다시 떠오르게 하는 나침반처럼 느껴졌다. 단순한 응원이 아니었다. 내가 그 길을 다시 걸어갈 수 있도록, 나를 다시 일으켜 세워주는 힘이 되었다.

"응, 엄마도 노력해 볼게."

그 짧은 대답을 내뱉은 후, 나는 한동안 아이를 바라보았다. 내게 더 이상 꿈이 없다고 생각했던 순간도 있었다. 그러나 아이의 순수한 질문은 나를 다시 돌아보게 했고, 그때부터 나도 조금씩 내 꿈에 대해 다시 생각할 용기가 생겼다. 꿈이란 단지 이뤄야 할 목표가 아니라, 그 목표를 향해 나아가는 여정일지도 모른다는 생각이 들었다. 무엇을 원하는지, 무엇을 꿈꾸는지 묻는 것조차 두려워했던 건 아닐까?

여전히 무엇을 꿈꾸고 있는지, 그 꿈이 어떤 모습으로 완성될지는 아직 알 수 없다. 한 가지 분명한 것은 이제 내가 다시 길을 걷고 있다는 것이다. 과거를 뒤로하고, 새로운 꿈을 향해 조금씩 나아가고 있다는 사실만으로도 이제는 가벼운 발걸음을 내디딜 수 있을 것 같다.

작은 다정함

"저 사별했어요."

내뱉고 나서야 깨달았다. 그동안 나를 짓누르던 것이 무엇이었는지. '사별'이라는 단어는 매일 아침 숨을 내쉴 때부터 밤이 되어 불을 끌 때까지 나를 짓눌렀다. 그것은 내 일상에 녹아든 채로 조용히 사로잡고 있었다. 아무도 그런 책임을 강요한 적 없었다. 하지만 그 단어 자체만으로도 스스로 짓눌렸다. 혼자 감당하기에는 너무 벅찬 그 단어를 꺼내는 게 두려웠다. 나 자신에게도, 타인에게도.

그런데 예상하지 못했던 순간 그 말을 입 밖으로 꺼내고 나서야 나는 알았다. 그동안 나를 묶고 있던 족쇄가 서서히 풀려가고 있다는걸. 내 마음 가장 깊은 곳에 갇힌 그 단어를 꺼내놓으면서 비로소 벗어날 수 있을 것 같았다. 완전히는 아니더라도 적어도 나를 지옥으로 몰아가던 나날에서는 벗어날 희망이 생겼다.

그제야 알았다. 사별은 나의 상처이고, 그리움이며, 사랑의 증거이기도 하다는 것을. 그러나 그것만이 나의 전부는 아니라는 것도. "견뎌내야 한다.", "강해져야 한다.", "이 정도면 잘하고 있는 거야." 자신을 위로하는 듯했던 이 말들은 사실 나를 더 옥죄는 감옥이었다.

이제는 나에게 조금 더 다정해지고 싶었다. 매일 아침 괜찮지 않은 스스로를 탓하던 시간을, 차라리 아무것도 하지 않아도 괜찮다고 자신을 안아주는 시간으로 바꾸고 싶었다. 그동안 나를 평가하고 단정 짓던 수많은 잣대에서 벗어나, 있는 그대로 이해하고 받아들이고 싶었다. 그렇게 나에게 다정해지기로 한 다짐은 오래되지 않아 아이를 통해 다시 돌아왔다.

어느 날은 아이가 문득 물었다. 학원에 데리러 갔다가 마트 앞을 지나면서 혹시 또 군것질하자고 하면 어쩌나 생각에 잠겨 있을 때였다.

"엄마! 오늘 하루 중에 언제가 가장 행복했어?"

나는 순간 멈춰 섰다. 머릿속이 새하얘졌다. 예상치 못한 질문이었다. 오늘 하루를 떠올렸지만, 행복이라는 단어는 단 한 순간도 떠오르지 않았다.

"음. 글쎄. 엄마는 오늘 안 행복했던 것 같아."

그러자 아이가 눈을 동그랗게 뜨며 되물었다.

"오? 왜? 안 행복한 날도 있어? 난 오늘 행복한 일이 세 가지나 있었는데! 매일매일 즐거운데, 엄마는 안 그래?"

천진난만한 목소리와 표정에 마음 한구석이 뭉클했다. 단지 엄마가 행복하기를 바랐을 뿐일 텐데, 기대를 채워주지 못했다. 사실 오늘은 그가 떠난 뒤로 가끔 찾아오는, 깊은 어둠에 잠식된 날이었다. 아이에게 이런 마음을 어떻게 설명할 수 있을까? 그 어둠 속의 공허함을 아이와 나누고 싶지 않았다. 그저 조용히 넘어가고 싶었다.

그때 아이가 환히 웃으며 말했다.

"나는 오늘 아침에 학교 앞에서 친구를 만나서 같이 교실로 들어갔어! 그게 첫 번째 행복이야. 학교 급식에 나왔던 치즈떡볶이가 너무 맛있어서 두 번이나 먹었지! 그리고 합기도 시간에 윗몸일으키기 세 개나 성공했어! 나 엄청나게 잘했지?"

아이가 해맑은 미소를 지으며 눈을 반짝였다. 작은 손으로 숫자를 세듯이 손가락을 접어가며 하루의 행복을 자랑했다. 이야기를 들으며 나는 고개를 끄덕이면서도 마음속 어딘가에서 뜨거운 무언가가 울컥 차오르는 것을 느꼈다. 행복은 거창한 게 아니라 아이가 친구와 교실로 들어가던 순간처럼 작은 것임을. 그것은 내가 잊고 있던, 아니 잃어버렸다고 믿었던 작은 행복이었다.

아이는 다시 물었다.

"엄마, 정말로 오늘 좋았던 일 하나도 없었어?"

나는 마음속으로 대답했다.

'괜찮아. 오늘 하루 아무것도 안 해도 괜찮아. 가끔은 울어도 괜찮아. 당연히 그럴 수 있어.'

아이에게는 미소를 보여주는 것으로 답을 대신했다. 그러면서 내일은 조금 더 나를 다정하게 대하기로 다짐했다.

분명 나는 괜찮은 날보다 괜찮지 않은 날이 많았다. 하지만 내가 강해져야 한다는 그 다짐 속에, 괜찮지 않은 날도 괜찮은 날로 속이며 지내왔다. 멈춰 있던 내 시간은 이제 괜찮지 않은 날보다 괜찮은 날이 더 많아졌다.

지금은 다시 시간이 흐르고 있다. 오랜 시간이 걸릴지라도 나는 반드시 행복해질 것이다. 내가 나에게 건네는 작은 다정함이 언젠가 세상을 향한 다정함으로 바뀌는 날이 올 것이다.

나는 오늘도 자신에게 묻는다.

'어때? 오늘 하루 괜찮았니?'

이제는 알 것 같다. 그 한마디면 충분하다는 걸. 그 작은 다정함이 언젠가 더 큰 빛으로 이어질 날이 오리라는 걸.

그날의 기억

그가 떠나고 몇 번의 계절이 바뀌었다. 겨울이 가고, 봄이 오고, 다시 여름의 태양이 이글거리고 가을의 낙엽이 흩날렸다. 하지만 내 시간은 마치 얼어붙은 호수처럼 움직이지 않는 듯했다. 공허하고 차갑기만 했던 그 시간 속에서 나는 모든 변화를 외면했다.

　그러나 지금은 바람에 실린 냄새와 햇살의 온도 속에서 계절의 변화를 느낀다. 변화는 이렇게 조금씩, 조용히 나도 모르는 사이 내 안으로 스며들었다. 겨울바람이 코끝을 스치고 입김이 하얗게 흩어지기 시작하면, 우리의 결혼기념일이 다가오고 있음을 안다. 네 번의 기념일을 그와 함께 보냈고, 이제는 그보다 더 많은 기념일을 혼자 맞이하고 있지만, 그날의 기억이 나를 슬픔에 가두기만 하지는 않는다.

혼자서 맞이하는 다섯 번째 결혼기념일을 앞두고, 결혼식 사진을 들춰보기 시작했다. 눈에 보이지 않게 숨겨 두었던 앨범을 꺼내어 먼지를 털어냈다. 먼지가 날리며 코끝이 간질거렸고, 그 순간 싱긋 웃음이 났다. 예전이었다면 감히 앨범을 꺼내볼 엄두도 나지 않았을 텐데 이렇게 웃으며 사진 속 우리의 모습을 마주하는 내가 낯설면서도 조금씩 달라졌음을 느꼈다.

결혼식장에 발 디딜 틈 없이 사람들이 빼곡히 들어찬 모습이 사진 속에서 생생하게 살아났다. 그가 먼저 입장했고, 나도 곧 아빠의 손을 잡고 드레스를 툭툭 차면서 천천히 걸음을 옮겼다. 그가 서 있는 곳으로 한 발 한 발 걸어갈 때마다 주변의 웃음소리와 따뜻한 시선들이 마치 나를 감싸안는 것처럼 느껴졌다. 아빠는 단단히 잡았던 내 손을 놓으며 그를 따뜻하게 안아주었다. 이어 나를 돌아보며 아쉬움이 가득 담긴 포옹을 나눴다. 우리는 셋이 둥글게 서서 서로를 마주 안았다. "잘 살아야 한다." 아빠의 말이 머릿속을 맴돌았다.

우리는 양가 아버지의 덕담으로 주례를 대신했고, 그와 나는 성혼선언문을 낭독했다. "여행을 좋아하는 신부를 위해 세계여행을 함께하겠습니다"라는 그의 말에 마음이 두근거렸고, "아이를 좋아하는 신랑을 위해 그를 꼭 닮은 아이를 낳아 황금 잉어로 키워보겠습니다"라는 나의 다짐에 우리는 마주 보며 활짝 웃었다.

그의 선배였던 사회자는 우리의 열 가지 약속이 모두 지켜질 것이라며 응원의 마음을 담아 하객들에게 만세 삼창을 제안했다. 모두 웃음꽃을 피우며 만세를 외치던 그 순간의 장면은 사진 속에서도 활기차게 살아 움직이는 듯했다. 특별했던 순간은 여기서 끝이 아니었다. 반짝이 재킷을 입은 지인이 결혼식장을 가득 울리며 신나게 트로트를 불렀다. 하객들 모두 어깨를 들썩이며 장단을 맞췄고, 옆 식장에서까지 무슨 일이냐며 우리 식장을 기웃거렸다. 기쁨으로 들썩이던 결혼식장은 웃음과 박수로 가득 찼다. 잊고 있던 장면들이 먼지 속에 묻혀 있던 앨범 속 한 장 한 장에서 생생히 되살아났다.

결혼식장에서 우리는 세상에서 가장 행복한 사람처럼 웃고 있었다. 하객들 사이로 꽃잎이 흩날리고 행진곡이 흐르던 그 순간, 내 손을 꼭 잡은 그 손의 체온이 따스한 햇살처럼 온몸을 감쌌다. 그때의 나는 몰랐다. 시간이 흘러 그 웃음이 오히려 고통스럽게 느껴질 줄은. 숨을 쉬는 일조차 버겁게 만드는 무게로 다가올 줄은. 찬란했던 만큼 더 아팠다. 사진 속 그날의 우리는 아무것도 모른 채 미래를 향해 웃고 있었다. 그게 너무 슬펐고 너무 아름다워서 한동안은 그 장면을 제대로 바라볼 수도 없었다.

하지만 이제는 조금 다르다. 행복했던 기억이 나를 찢어놓지 않는다. 오랜만에 꺼내 본 앨범 속 장면들은 손끝에 닿는 빛처럼 조심스럽고도 따뜻하게 다가왔다. 그와 눈을 맞추며 웃던 나, 입술을 떨며 혼인 서약을 읽던 그의 목소리, 부케를 던지며 뒤돌았을 때 웃고 있던 친구들의 얼굴, 모든 순간이 마치 어제인 듯 또렷하고 동시에 그립도록 먼 날처럼 느껴졌다. 나는 조용히 앨범을 덮었다.

'변하지 않을 것만 같던 시간도 이렇게 흘러갔구나.'

그 안에 잠든 나날들이 이제는 더 이상 마음을 무겁게 짓누르지 않는다. 슬픔에 잠겨 시간을 밀어내던 나는 이제 없다. 이제는 앨범을 덮으며 눈물이 아닌 미소를 머금는다. 왜인지 모르겠지만 웃음이 먼저 났다. 시간이 다 치유해 주었다고 말하기는 어렵지만, 분명 그 속에서 나는 조금씩 달라졌다.

　그가 함께 있지 않다는 사실은 여전히 찬바람으로 지나간다. 혼자 잠에서 깰 때, 익숙한 습관처럼 그의 이름을 중얼거릴 때 아직도 마음 한편이 서늘하다. 그렇지만 그 위에 겹겹이 쌓인 따뜻한 기억들이 이제는 나를 주저앉히는 대신 천천히 앞으로 걸어가게 만든다. 그의 존재는 시간이 갈수록 조금씩 흐려지겠지만 그와 함께 보낸 날들의 감촉은 오히려 더 선명해진다. 그가 웃던 얼굴, 내가 기대던 어깨, 함께 듣던 음악과 함께 먹던 음식, 밤새 나누던 이야기들까지. 모든 기억이 시간 속을 헤엄쳐 지금의 나에게 닿는다.

　모든 것이 변해도 단 하나, 그와 웃던 그날의 기억만은 언제까지나 내 마음속에서 조용히 따뜻하게 빛나기를 바라고 있다.

다시 만난 세계

시유의 친구가 집으로 놀러 왔다. 같은 아파트, 같은 동, 같은 라인에 사는 아이였다. 시유가 처음으로 아빠 이야기를 꺼낸 친구이기도 하다.

며칠 전, 나는 아이에게 조심스럽게 물었다.

"라희한테… 아빠 이야기했다고 했지?"

시유는 한 박자 늦게 고개를 끄덕였다.

"응. 그냥… 말하고 싶었어."

나는 그 '그냥'이라는 말이 마음에 오래 맴돌았다.

예전 유치원에서 떠돌던, 아이들 사이에 돌처럼 던져지던 소문이 나에게 얼마나 큰 상처였는지, 그 기억이 아직도 생생해서 본능적으로 걱정부터 앞섰다.

"근데 왜 말했어? 혹시 누가 또 이상한 말 하면 어떡하려고…."

시유는 잠시 생각에 잠긴 듯하다가 말했다.

"라희 아빠 볼 때마다, 우리 아빠도 생각났어. 그래서 우리 아빠 얘기하고 싶었어."

아무 의도도 계산도 없이, 그저 마음속에 자꾸만 차오르는 이야기를 자연스럽게 흘려보낸 것뿐이었다. 시유의 말투엔 부끄러움도, 망설임도 없었다. 오히려 무언가를 꾹 참다가 드디어 말할 수 있었던 사람처럼 시원한 얼굴이었다.

나는 시유의 손등을 살며시 쓸어주며 말했다.

"그래, 잘했어. 아무에게나 말하고 다니는 건 조심해야 할 수도 있지만, 그렇다고 꼭 숨겨야 하는 이야기도 아니니까 시유가 말해주고 싶은 친구가 있으면 그냥 말해도 괜찮아."

시유는 그 말에 안심한 듯 고개를 끄덕였다.

"그런데 라희는 뭐라고 해?"

"그냥, '속상하겠다.' 하고 안아주던데?"

"그래? 고맙네."

시유에게 좋은 친구가 생긴 것 같아 내심 안심했다.

라희는 우리 집에 자주 놀러 오게 되었고, 시유도 라희 집에 종종 다녀왔다. 아마 라희의 부모님도 어느 정도 이야기를 전해 들었을 것이다. 그런데도 아무런 내색 없이 평소처럼 대해주는 것이 내심 고마웠다. 괜히 '저희도 다 알고 있어요' 하며 불필요한 친절을 건네는 엄마들도 있는데, 라희의 부모는 그런 티가 없었다. 그저 아이들이 친구로 지내는 것을 묵묵히 지켜봐 주는 모습이 오히려 더 따뜻하게 느껴졌다.

그날도 둘은 놀이방에서 한참 동안 나올 줄을 몰랐다. 거실에 앉아서 책을 넘기는 척 핸드폰을 보는 척 딴짓을 하면서도 귀는 자꾸 놀이방 쪽으로 기울었다. 아이들이 무슨 이야기를 나누는지, 어떤 말투로 웃고 있는지, 사소한 숨소리 하나까지 궁금해 온 신경이 쏠렸다.

잠시 후, 조용한 말소리가 어렴풋이 들려왔다. 시유는 옷장과 책장 위에 놓인 액자들을 하나하나 설명하고 있는 듯했다. 이내 사진 속 아빠를 가리키며 자랑스럽게 이야기하는 목소리가 또렷하게 들렸다.

"우와, 나 너희 아빠 처음 봐."

"그래? 우리 아빠 잘생겼지?"

"응. 그러네."

"우리 아빠, 신이야. 진짜야. 우리 아빠 하늘에 있잖아. 그러니까 신이지."

"오… 진짜네?"

라희가 맞장구치자 시유는 한껏 들뜬 목소리로 아빠를 소개했다.

그 순간, 가슴에 돌덩이가 툭 하고 내려앉았다.

'신이라니….'

순간적으로 마음이 철렁했고, 숨이 잠깐 멈춘 것 같았다. 그리고 얼른 시선을 다른 쪽으로 돌려야겠다 싶었다.

"간식 줄까?"

쏜살같이 튀어나온 두 아이가 환하게 대답했다.

"네!"

신이라니…

그 말이 머릿속에서 떠나질 않았다.

시유는 아빠가 없는 것이 아니라, 보이지 않는 곳에 있을 뿐이라고 믿고 있었다. 어딘가에서 여전히 존재하고 있고, 자신을 보고 있고, 생각하고 있다고 믿었다. 죽음이라는 개념이 아직 와닿지 않는 아이에게는 '끝'이라는 게 존재하지 않았고, 그래서 시유는 당연하다는 듯이 말했다.

"우리 아빠, 신이야."

그 말이 너무 해맑아서, 오히려 마음이 더 깊이 젖어 들었다. 아무것도 몰라서 하는 말이 아니라, 오히려 그 누구보다 자기 마음속 아빠의 자리를 단단히 지키고 있는 아이의 방식이었다. 그런 시유의 세계가 너무 순수하고 단단해서 내가 감히 건드릴 수 없는 투명한 유리잔 같았다.

어른이 되어버린 나는 그 말을 들으며 가슴이 시큰했다. 아이는 슬픔의 깊이보다 사랑을 더 넓게 믿고 있었다. 세상을 한 번도 의심하지 않은 눈으로. 그 믿음과 생각이, 슬프도록 예뻤다.

말로는 다 담을 수 없는 감정이 마음 깊은 곳을 서늘하게 지나갔다. 마치, 뜨거운 햇살을 바라보다 문득 눈물이 차오르는 순간처럼.

간식을 받아 든 아이들은 이내 영상 찍기에 몰두했다. 웃음소리와 작은 발소리가 방 안 가득 퍼졌다. 나는 거실 소파에 앉아 조용히 창밖을 바라보았다. 해가 천천히 지며 노을이 보랏빛으로 물들고 있었다.

신이 된 그를 찾아 하늘을 올려다보았다.

구름 한 점 없는 맑은 하늘을 보며 마음으로 말했다.

'어때? 오빠, 딸 너무 씩씩하지? 근데 너무 속상하다. 너무 씩씩해서 아프고… 너무 아파서 속상해…'

돌아오지 않을 대답을 기다리며 한참을 넋두리처럼 쏟아냈다. 그의 죽음은 한동안 내 눈물의 씨앗이 되었다. 그렇게 쏟아낸 눈물 속에서 내 인생은 끝났다고 스스로 단정 지었다. 하지만 아이는 말하고 있는 듯했다.

언제나 거기 있다고 믿는 마음.

끝나지 않았다고 믿는 마음.

아이는 아빠 없는 삶을 살아가는 것이 아니라, 아빠를 품은 채, 조금씩 자라고 있었다.

라희가 돌아간 후, 집안에는 금세 고요가 내려앉았다. 하루 종일 신나게 웃고 떠들던 기운이 빠져나가고 잠들 준비까지 마친 후 나는 아이와 함께 소파에 등을 기대고 나란히 앉았다.

TV 리모컨을 몇 번 눌러대며 시유에게 이런저런 이야기를 물어보았고 아이는 다시 조잘거리기 시작했다. 사실 내가 시유에게 제일 궁금했던 것은 왜 아빠를 신이라고 말했느냐는 것이었다. 그 질문이 목 끝까지 차올라 입이 옴짝달싹 못했지만 끝내 물어보지 않았다. 시유의 마음에 자꾸 내가 끼어드는 것만 같았다.

그냥, 그날 하루 동안 보여준 말과 표정, 행동이 그 이유를 설명하고 있다고 믿기로 했다. 그 모든 것이 죽음은 끝이 아니라 삶과 나란히 걷고 있다는 가장 조용한 증명이었다.

우리의 이야기

오늘의 편지 ㅣ 마음을 품고 언젠가 다시 만나

바쁘게 흐르는 시간 속에서 나는 그와의 마지막 순간도, 그 이후의 나날도 제대로 돌아볼 틈 없이 살았다. 장례식을 치르고, 엉킨 서류들을 정리하고, 아이를 돌보며 하루하루를 간신히 버텼다. 시간은 멈추지 않았고, 나는 그 흐름에 휩쓸리듯 매달린 채 살아왔다. 그의 시간은 서른일곱에서 멈췄지만, 나는 그 이후로 더 많은 계절을 홀로 통과해야 했다.

내 삶에서 단 한 번도 제대로 마주해본 적 없던 죽음이, 예고 없이 찾아와 이별을 남겼다. 그 이별은 가장 젊고 찬란했던 시절을 송두리째 삼켜버렸고, 내 삶을 완전히 뒤흔들어 놓았다.

그때의 나는 몰랐다. 큰 이별이 삶 전체를 바꿔놓을 수 있다는 것을. 그러니 애써 괜찮은 척했던 것도, 바쁘게 움직이며 나를 잊었던 시간도 어쩌면 당연했다. 슬픔을 마주할 용기가 없었고, 무너질 여유조차 허락되지 않았기에 나는 계속해서 살아내는 쪽을 선택했다.

사실은 지금도 그때로부터 아주 멀리 벗어나지는 못했다. 그가 머물던 계절에 나를 묶은 채, 시간이 흐를수록 점점 더 조용히 아파하고 있다. 잊지 않으려 애쓰는 하루와 잊을까 봐 두려운 밤들이 반복된다.

여름이 다가오는 어느 날, 아이와 함께 바닷가에 다녀왔다. 작은 원터치 텐트를 들고, 한낮의 태양 아래 여름의 중심으로 들어섰다. 물을 좋아하는 아이는 "엄마, 엄마!" 나를 끊임없이 부르며 파도와 웃음 사이를 뛰어다녔고 나는 텐트 안 그늘에 앉아 그 장면들을 조용히 바라보았다. 그 순간만큼은 모든 것이 평화로웠다.

햇살도, 바람도, 아이의 웃음도 모두 따뜻했다. 그때 문득 '이렇게 살아가면 되는 걸까' 싶은 마음이 스치기도 했다. 물론 평화가 오래 머물지는 않았다. 돌아갈 시간이 되어 텐트를 접으려는데, 이게 이렇게 복잡한 구조였나

싶을 만큼 손이 잘 따라주지 않았다. 덥고 지치고, 아이는 졸린 눈을 비비고 있었고 나는 땀을 흘리며 아등바등했다.

그때, 지나가던 노부부가 다가왔다. 말없이 몇 동작을 도와주다가 아주 자연스럽게 말했다.

"애 아빠는 어디 가고, 엄마가 혼자 고생이야."

아무렇지 않게 던진 그 말에 마음 한쪽 구석이 쿡 하고 찔렸다. 나는 억지로 웃음을 지으면서 "아, 네…" 하고 대답했고, 겨우겨우 동영상 설명을 찾아가며 텐트를 접었다. 바람에 부풀던 천이 작고 납작한 원형으로 돌아오기까지 몇 번이나 포기하고 싶었다. 결국 해내기는 했지만, 돌아오는 길 내내 몸보다 마음이 훨씬 더 지쳐 있었다.

그날은 여름의 한복판이었지만 나는 계절에서 멀리 떨어져 있는 사람처럼 느껴졌다. 내가 살고 있는 이 시간이 누구의 시간인지, 도대체 나는 지금 어디쯤 와 있는 건지 다시 헤아리게 되는 날이었다. 모든 걸 혼자 감당해야 한다는 사실이, 혼자 해내는 일이 늘어갈수록 더 선명해진다. 이제는 웬만한 일쯤은 혼자서도 해낼 수 있는 내가 되었지만, 그래서 더 외롭고 더 그립다.

멈춰 있는 마음과 흘러가는 시간 사이에서 조심스럽게 하루를 접고, 또 펼치며 살아간다. 어쩌면 그것이 그를 잃고도 계속 살아가야 하는 나의 방식인지도 모른다.

말로 다 담을 수 없는 그리움이라는 감정은 너무도 사적이었고, 그래서 더욱 외로웠다. 그 누구와도 이 슬픔을 나눌 수 없을 것 같았다. 하지만 흐르는 시간 속에서 수없이 흔들리고, 버텨내고, 스스로 다독이며 살아낸 끝에야 나는 비로소 알게 되었다.

내 이야기가 특별하지 않다는 사실을.

그리고 이상하게도, 그 깨달음이 나를 더 단단하게 해주었다. 슬픔이 나만의 것이 아니란 걸 알게 되자 조금 덜 외로워졌다. 사랑하는 사람과의 이별, 남겨진 빈자리, 지워지지 않는 그리움. 그 모든 건 삶을 사는 누구에게나 한 번쯤은 찾아오는 일이라는 걸. 그 사실이 이상하게도 나를 위로했다. 그가 없는 자리는 여전히 나와 함께 있다. 하지만 이제 나는 그 자리에만 머무르지 않기로 했다. 급하게 앞만 보고 달리기보다는, 오늘의 공기와 빛, 아이의 웃음을 느끼며 걷는다.

아이와 손을 잡고 걷는 길에서, 주말마다 함께 나누는 소박한 나들이에서, 네 컷짜리 사진 부스 안에서, 서로를 안고 남기는 오늘의 기록에서 나는 여전히 그와 함께 있는듯한 기분이 든다. 그가 내게 "잘 자."라고 속삭이던 밤은 사라졌지만, 이제는 내가 아이를 안고 "잘 자."라고 말하며 밤을 맞이한다. 사라졌다고 여겼던 사랑은, 그렇게 모양을 바꿔 내 삶에 머물러 있다.

우리의 일상은 여전히 평범하다. 그 평범함 안에 나는 머문다. 이런 하루들이 모여, 결국 우리의 삶이 되었다. 그 안에 그가 여전히 존재한다.

죽음으로 찾아오는 이별은 누구나 언젠가 반드시 만나게 된다. 이 고통이 모두의 이야기라는 깨달음은 우리를 연결해 준다. 삶의 끝이 아니라, 누군가의 끝에서 시작된 다른 삶으로서 이 이야기가 머물 수 있기를 바란다. 나는 오늘도 그 평범한 조각들을 하나하나 소중히 모으며, 조용히 살아간다.

함께였던 시간과, 그가 없는 시간 모두를 껴안은 채로.

말이 되지 못한 것들

내 남편이 죽었다는 걸 도저히 인정하기 힘들었다. 나의 노력과는 무관하게 벌어지는 일들에 갇혀 끝없이 스스로를 더 깊은 지옥으로 몰아넣었다. 그 모든 일의 이유를 결국 스스로에게 돌리며 그 안에 숨어버린 나를 발견했다. 그렇게 무너진 시간 속에서 스스로 꾸짖고, 달래고, 자책하며 하루하루를 버텨냈다. 때로는 누군가의 한마디에 마음이 무너지고 때로는 아무 말 없는 침묵 속에서 끝없는 허무함을 견뎌야 했다.

그런데도 삶은 계속되었다. 해는 매일 떠올랐고, 아이는 자라났고, 나는 여전히 엄마였다. 내가 멈출 수 없다는 사실이 때로는 잔인했지만 또 다른 한편으로는 이것이 내게 유일한 희망이기도 했다. 그렇게 나는 아주 조금씩, 다시 걷기 시작했다. 아이의 숨결과 눈동자 속에서 내가 살아야 할 이유를 찾았다.

매일 아침, 남편이 없는 자리를 마주하며 숨이 막혔다. 그 공허함 속에서 오히려 나 자신을 다시 만나기 시작했다. 잃어버린 시간, 되돌릴 수 없는 순간들 앞에서 자주 무너졌다. 하지만 그 무너짐마저도 이제는 나의 일부가 되었다. 슬픔을 애써 외면하지 않고 함께 살아가는 법을 배우는 중이다. 때로는 울고, 때로는 웃으며, 그 모든 감정을 끌어안고 살아가는 것이야말로 삶이라는 걸 조금씩 깨닫고 있다.

이 책을 쓰며 나는 다시 한번 나의 상처를 정면으로 마주했다. 상처를 글로 꺼내는 일은 생각보다 훨씬 아팠다. 자꾸만 나의 민낯을 마주해야 했다. 다 잊은 줄 알았던 기억들이 문득 문을 열었고, 꾹꾹 눌러 담았던 감정들이 흘러넘쳤다. 때로는 내 글이 나를 다치게 했고, 때로는 나를 살려주었다. 몇 번이고 무너졌고, 몇 번이고 다시 일어섰다. 잊었다고 했지만 잊을 수 없었고, 잊고 싶지도 않았다. 기억 속 한 장면이 숨을 막히게 했고, 문득 떠오른 그의 말투 하나에 하루 종일 울었다.

글을 쓸 때 나는 나를 속일 수도 없었다.

괜찮은 척도, 이제는 좀 나아졌다는 말들도 내가 쓴 글 앞에서 모두 거짓이 되었다.

이 글은 그저 고백이다.

그가 없는 세상을 살아내기 위해 내가 견뎌내던 밤과, 놓지 못한 마음과, 애써 외면했던 진실들을 마주하는 시간이다. 나는 마침내 내 남편이 죽었다는 사실을 인정할 수밖에 없었다. 그럼에도 나는 여전히 살아 있다는 사실을 직면하는 순간이기도 했다.

그 속에서 비로소 진심이 깃든 문장이 나왔다. 이 글이 누군가의 마음에 닿기를 소망한다. 나와 같은 상실의 시간을 통과하고 있는 누군가에게 아주 작은 위로가 되기를 바란다.

그러니까 이 글은 애도 중인 사람이 또 다른 애도를 하는 사람에게 보내는 마음이다. 슬픔이 완전히 끝나기 전에, 어쩌면 쉽게 끝나지 않기에 할 수 있었던 고백이다.

우리는 모두 다르게 아프고 다르게 회복하지만 서로의 이야기를 통해 조금 덜 외로워질 수 있다.

그걸로 충분하다고 믿는다.

곁에서 조용히 그 모습을 지켜봐 주는 것.
소란하지 않게 일상의 모습으로 돌아올 수 있게 곁을
내어주는 것.
감히 말하건대 그것이 어떤 말보다 더 큰 위로일 수 있
다는 걸 전하고 싶다.

마지막으로 나는 바란다.
상실을 겪은 이에게 세상이 조금 더 다정하기를.
눈에 보이지 않는 아픔에도 가만히 귀 기울이는 이들
이 곁에 있기를.
슬픔 속에서 너무 오래 혼자이지 않기를.

결국 우리는 모두 누군가를 잃었고, 상실 이후를 살아
가고 있다는 걸 잊지 않기를.

당신에게

이렇게 다시 당신을 떠올리기까지 너무 많은 시간을 보낸 것 같기도 하고. 어쩌면 하루에도 몇 번씩 그리워하고 있는지도 모르겠어.

지금도 여전히 현관문이 열리면 당신이 들어올 것 같아. 환상 속에서 당신은 조금도 변함없이 다정한 웃음을 지으며 나를 바라보고 있으니 말이야.

당신이 늘 나에게 해줬던 '괜찮아, 여보 잘하고 있어' 그 한마디가 아직도 내 마음 깊은 곳에 남아 내가 흔들릴 때마다 다정했던 목소리로 나를 붙잡아 줘.

아이가 웃고 자라는 모습을 볼 때면 당신의 빈자리가 예전과 조금씩 다르게 느껴져. 사라진 것이 아니라, 이제 우리를 따뜻하게 감싸고 있는 것 같아.

나는 더 이상 당신을 기다리지 않아. 이제는 당신이 날 기다려줬으면 해. 나에게 주어진 시간을 충실히 살아낸 다음, 그 끝으로 당신이 나를 반갑게 마중 나와줬으면 해. 그렇게 다시 만날 수 있다면 그날까지 최선을 다해서 오늘을 살아볼게.

하고 싶은 말이 참 많은데 글로는 다 담을 수 없을 것 같아.

그냥
보고 싶어.
아주 많이.

딸에게

딸아, 너는 이 편지를 언제쯤 읽게 될까?

지금보다 훨씬 더 자라고 더 많은 생각을 품은 사람이 되어있겠지? 조심스러운 마음을 오랜 시간이 지나서야 이렇게 꺼내 본다.

어릴 적부터 너는 정말 씩씩하고 따뜻한 아이였어. 아빠의 빈자리를 알게 된 후에도 그 사실에 무너지기보다 엄마 곁을 지켜주려 애쓰던 너였지. 엄마보다 먼저 엄마를 걱정하던 너의 모습이 늘 미안하면서도 믿기지 않을 만큼 자랑스러웠어.

사람들은 우리를 안쓰럽게 보기도 했지만, 엄마 눈에 비친 너는 누구보다 단단하고 사랑이 가득한 아이였어. 우리 딸이 품고 있는 마음이 아빠를 참 많이 닮아있더라. 그래서일까, 빈자리가 슬픔으로만 남지 않았어. 너와 내가 함께한 시간은 그 어떤 순간보다 따뜻했단다.

사실, 엄마는 두려웠어. 어떻게 살아야 하는지 너에게 알려줘야 하는 모든 날이, 혹시 잘못된 길은 아닐까, 너에게 비치는 엄마의 모습이 그저 버텨내는 나날에 불과하지는 않을까. 하지만 너는 그런 엄마를 이끌어줬어. 네가 웃는 얼굴로 다가와 "엄마 힘내." 하고 말해줄 때, 그 한마디에 엄마는 하루를 살아가는 힘을 얻었단다. 우리 둘만의 시간은 결핍이 아니라 사랑으로 채워졌고, 그 시간이 엄마에게는 가장 큰 위로이자 살아갈 이유가 됐어.

엄마는 네가 어떤 모습이든지 어떤 길을 선택하든지 언제나 너를 믿고 응원할 거야. 네가 나의 딸이어서 정말 고마워. 너의 엄마로 살게 해줘서 정말 감사해. 너와 함께한 시간이 엄마 인생에 가장 찬란한 순간이야. 말로는 다 전할 수 없을 만큼 마음 깊이 사랑해.

나에게

가만히 돌아보면, 참 많이 아팠지.

아프다고 말할 타이밍은 늘 빠르게 지나갔고, 도와달라고 하려다가도 괜찮다며 입을 다물었어. 울고 싶은 순간에도 그냥 견뎌야 했으니까. 그렇게 아무렇지 않은 척 흘려보낸 하루들이 쌓여, 오늘이 되었네.

혼자서 흘려보낸 많은 밤들 사이에서 지금의 마음이 오기까지, 얼마나 많은 것들을 내려놓아야 했는지. 누군가의 사랑을 지켜내기 위해, 남겨진 삶을 버텨내기 위해, 얼마나 많은 시간을 혼자 울었는지.

그 모든 순간을 너는 잘 견뎌냈어. 무너져도 괜찮고, 혼자 울어도 괜찮아. 다시 일어설 수 있다면 그걸로 충분해. 뭔가를 이뤄내지 않아도 괜찮아. 지금의 너를, 있는 그대로 응원할게.

어떤 모습이어도 괜찮아. 지금도, 앞으로도 넌 절대 혼자가 아니야. 너무 서두르지 말고, 오늘의 너를 조금 더 다정하게 안아줘.

이 편지를 다시 읽는 네가 지금 어디쯤 서 있든,

어떤 하루를 지나왔든,

모든 날을 묵묵히 견뎌준 너에게 고맙다고 말해주고 싶어.

당신이 없는 자리

초판 발행 2025년 9월 30일
초판 발행 2025년 9월 30일

지은이 신민아
발행인 채종준

출판총괄 박능원
책임편집 구현희
디자인 공진혁
마케팅 문선영
전자책 정담자리
국제업무 채보라

브랜드 타래
주소 경기도 파주시 회동길 230 (문발동)
투고문의 ksibook1@kstudy.com

발행처 한국학술정보(주)
출판신고 2003년 9월 25일 제406-2003-000012호
인쇄 북토리

ISBN 979-11-7457-168-7 03810

타래는 가족 갈등에 관한 도서를 출간하는 한국학술정보(주)의 출판 브랜드입니다.
타래란 '엉킨 타래를 푼다'는 의미로, 얽히고설킨 실타래를 풀어
진정한 가족의 의미를 찾아 나간다는 뜻을 담고 있습니다.
'가족 갈등'이라는 매듭에 묶여 길을 잃지 않도록, 더 아름답고 가치 있는 책을 만들고자 합니다.